KB146613

눈썹

(주)푸른책들은 도서 판매 수익금의 일부를 초록우산 어린이재단에 기부하여
어린이들을 위한 사랑 나눔에 동참합니다.

푸른도서관 56

눈썹

초판 1쇄 / 2013년 2월 25일
초판 4쇄 / 2014년 11월 25일

지은이/ 천주하
펴낸이/ 신형건
펴낸곳/ (주)푸른책들
등록/ 제321-2008-00155호
주소/ 서울특별시 서초구 양재천로7길 16 푸르니빌딩 (우)137-891
전화/ 02-581-0334~5 팩스/ 02-582-0648
이메일/prooni@prooni.com 홈페이지/www.prooni.com
카페/cafe.naver.com/prbm 블로그/blog.naver.com/proonibook

글 © 천주하, 2013

ISBN 978-89-5798-334-8 03810

이 도서의 국립중앙도서관 출판시도서목록(CIP)은 서지정보유통지원시스템 홈페이지(http://seoji.nl.go.kr)와
국가자료공동목록시스템(http://www.nl.go.kr/kolisnet)에서 이용하실 수 있습니다.
(CIP제어번호 : CIP2013000177)

눈썹

천주하 지음

푸른책들

차례

1년 4개월

아파트 입구를 돌자마자 멈춰 섰다. 엄마가 난간에서 내려다봐도 보이지 않을 곳이다. 교복 치마 주머니에서 손거울을 꺼냈다. 테두리의 은도금이 벗겨진 거울에 얼굴을 비춰 봤다. 생기 없이 부은 얼굴, 거무튀튀한 입술, 속눈썹이 빠진 작은 눈 그리고 희미한 눈썹까지. 어느 한 곳도 마음에 들지 않았다.

주변을 둘러봤다. 교복 입은 아이들 몇이 지나가고 있었다. 아이들 눈이 부담스럽지만 학교로 가는 길에 마땅한 장소가 없었다. 한쪽 어깨를 아파트 담에 기댄 채 필통에서 눈썹 그리는 펜을 꺼내 들었다. 시멘트 담벼락에서 나오는 찬기가 등까지 스며들었다. 손이 떨렸다. 엄마만 아니었으면 수전증

환자처럼 손을 떨며 하지 않아도 될 일이었다. 엄마는 학생이 화장을 하고 학교에 가는 게 말이 안 된다고 했다. 하지만 나에게는 있는 듯 없는 듯 흐리멍덩한 눈썹을 하고 학교에 가는 게 더 말이 안 됐다.

물티슈로 몇 번을 지우고 그린 뒤에야 선명하고 마음에 드는 눈썹 모양이 되었다. 오늘을 위해 눈썹이 예쁘다는 여자 연예인 눈썹을 수없이 따라 그렸다.

펜과 필통을 가방에 넣고 옷매무새를 가다듬고는 학교를 향해 걸었다. 학교가 가까워지자 점점 늘어가는 아이들 숫자만큼 심장이 빨리 뛰었다. 숨을 고르려 잠시 멈춰 섰다. 멈춰선 내 옆으로 아이들이 빠르게 지나갔다. 얼음 땡 놀이에서 나만 얼음을 외치고 그 자리에 멈춰 선 기분이었다.

땡!

순간 몸이 앞으로 휘청거렸다.

"아, 뭐야! 길을 막고 서 있으면 어쩌라는 거야."

나와 부딪혔던 아이가 잔뜩 구긴 얼굴로 뛰어가면서 뒤를 돌아봤다.

"1분 안에 못 들어오면 다 지각이야."

교문 앞 선생님의 외침에 주위 아이들이 내달리기 시작했다. 어느 사이엔가 나 역시 뛰어가는 아이들 틈에서 뛰고 있었다. 새 학기 첫날부터 지각하고 싶지는 않았다.

간신히 교문 안으로 들어와 허리도 못 편 채 가쁜 숨을 내쉬며 뒤를 돌아보았다. 교문이 닫히고 있었다. 다른 아이들도 여기저기서 가쁜 숨을 몰아쉬었다. 뛰는 바람에 머리끈이 흘러내린 몇몇 아이들은 머리를 다시 묶고 있었다.

설마?

가슴이 철렁했다. 얼른 주머니에서 거울을 꺼내 머리를 비췄다. 다행히 가발은 제자리에 있었다.

"휴……."

학교에 돌아왔다. 정확히 1년 4개월 만이다.

학교도 그대로이고 교실로 올라가는 나무 언덕길도 그대로인데 낯설었다. 두렵다. 친구 한 명 없는 교실을 생각하니 발걸음이 주춤거려졌다.

3학년 5반.

얼마 전 엄마랑 복학 신청을 하러 와서 배정받은 반이다. 교실 문을 천천히 열고 들어서자 순간 조용해졌다. 그것도 잠시.

"담임 아니잖아."

교실 안이 다시 아이들 목소리로 메워졌다. 예전엔 새로운 학년 새로운 반에 들어서면 아는 얼굴을 찾는 설렘이 있었다. 교실 안에 아는 친구라도 보이면 좋아서 손뼉을 쳤고, 아이들과 섞여 수다를 떨었다. 하지만 지금 나는 혼자다.

교실을 둘러봤다. 빈자리는 맨 앞자리뿐이었다. 늦게 온 데다가 아는 친구도 없으니 아이들이 싫어하는 앞자리에 앉을 수밖에 없었다. 아는 친구가 없다는 걸로 한 살 어린 아이들 앞에서 내가 초라하게 느껴질 줄 몰랐다. 차라리 빨리 수업이 시작됐으면 좋겠다는 생각이 들 정도였다.

이어폰을 귀에 꽂고는 가발이 흐트러지지 않게 조심스레 엎드렸다. 몇 분이나 지났을까? 희미하게 담배 냄새가 났다. 약물 치료 후 냄새에 아주 민감해졌다. 남들이 잘 맡지 못하는 냄새까지 느껴졌다. 냄새의 정체를 알아보려고 고개를 들었다. 얼굴 어디에서도 다정함을 찾아볼 수 없는 아이가 내 옆에 앉았다. 연예인처럼 매끈하게 다듬은 눈썹에 흐트러진 옷매무새하며 귀걸이 자국까지. 한눈에도 노는 애처럼 보였다. 예쁘게 다듬어진 눈썹 하나만 빼고는 모든 게 눈에 거슬렸다.

하필이면 왜 내 옆이야!

하필 옆에 앉은 건 아니었다. 교실을 둘러보니 빈자리가 내 옆밖에 없었다. 그 애가 나를 흘깃 보더니 예쁜 눈썹을 한 번 추어올리고는 고개를 돌렸다.

그때 교실 문이 열리면서 2학년 때 과학이 들어왔다. 담임이다. 아이들 사이에서 조그맣게 볼멘소리들이 들렸다. 단정하게 빗은 머리, 반듯하게 주름 잡혀 다려진 와이셔츠. 외모

만큼 깐깐하기로 유명한 과학이 담임이니 그럴 만도 했다.

"나를 모르는 사람은 없을 테고 한 학년 동안 잘 지내보자."

모르는 사람은 없을 거라 말해 놓고는 칠판에 자기 이름을 썼다.

"출석을 부르겠다. 뒤에 서 있다가 출석 번호대로 자리에 앉도록."

귀찮다는 듯 투덜대며 아이들이 분주하게 의자를 밀고 일어났다. 뻑뻑한 쇳소리가 귀에 거슬렸다. 되도록 소리가 나지 않게 의자를 살짝 밀고 일어나 뒤로 나갔다.

"강현주, 고은정……."

서 있던 아이들이 한 명씩 자리에 앉았다.

"이서현."

여태껏 얼굴만 확인하던 담임이 이번엔 내가 자리에 앉을 때까지 기다렸다. 그 바람에 아이들 시선이 나에게로 향했다.

"이선주."

담임이 다음 번호 아이의 이름을 불렀다. 내 짝이 될 아이라 자연스레 교실 뒤로 눈이 갔다.

이런!

교실 뒤 사물함에 기대어 있던 매끈한 눈썹이 천천히 앞으로 걸어왔다. 원래 내가 운이 없긴 했지만 그래도 한 달 동안 짝이어야 한다니 한숨이 나왔다. 그나마 자리가 창가 바로 옆이라는 것에 위안을 얻을 수밖에.

"3학년이 되었으니⋯⋯."

반 애들 모두가 자리에 앉자 담임이 뻔한 소리를 늘어놓았다. 담임 말이 바람에 떠밀려 바로 창밖으로 밀려 나갔다. 따사로운 햇볕과는 어울리지 않게 나뭇가지만 휑한 라일락이 보였다. 창문을 향해 숨을 깊게 들이쉬었다. 라일락 향기가 맡고 싶어졌다.

5월에 서관 계단을 지나면 늘 나던 향기. 툴툴대며 대걸레를 빨러 가다가도 라일락 향기를 맡으면 기분이 좋아지곤 했다. 라일락 나무를 배경으로 서관 계단에 조르르 서서 친구들과 찍은 사진도 있다. '눈 감았다, 표정이 어색하다, 얼굴이 크게 나왔다.' 하면서 몇 번을 찍고 지우고를 반복하다 겨우 한 장 건진 사진이었다. 살며시 웃음이 나왔다.

"우리 반에 복학한 선배 둘이 있다."

복학이란 말에 정신이 번쩍 들면서 얼굴이 후끈거렸다. 담임 입에서 무슨 말이 나올까 조마조마했다. 담임이 더 얘기하지는 않았지만, 아이들 시선이 담임의 시선을 따라 어느새 내가 있는 곳으로 와 있었다. 여기저기서 속살거리는 소리가 들렸다.

그런데 나 말고 또 누구지? 혹시 아는 애일 수도 있지 않을까?

지난번 담임을 만났을 때는 듣지 못했던 이야기다. 알 수 없는 기대감에 가슴이 두근거렸다. 이제야 반 아이들 얼굴이 궁금해졌다. 고개를 돌려 누군지 찾아보고 싶은데 나를 바라보는 눈이 너무 많았다. 아이들이 날 본다고 생각하니 자꾸 거울이 보고 싶어졌다. 주머니에서 거울을 꺼내 책상 위로 슬며시 올렸다. 내가 봐도 내 모습이 확실히 평범해 보이지는 않았다.

"자, 자. 그만들 떠들고. 선배들과 친구처럼 잘 어울려 지내길 바란다."

"친구 좋아하네."

옆자리에서 선주가 팔짱을 낀 채 들릴 듯 말 듯 내뱉었다.

뭐야, 자기가 좀 논다고 한 살 많은 선배가 우습다 이거야?

얼마 보지도 않았지만 볼수록 마음에 들지 않았다.

"그리고 인사는 앞으로 일 년 내내 차렷, 경례 없이 그냥 한다. 그럼, 이상."

아이들 나름의 인사와 함께 담임이 나갔다. 교실 안은 아이들의 지껄임으로 다시 소란스러워졌다. 소란함 속에서 멀뚱히 앉아 있으려니 어색했다.

"누가 일진이야?"

어색함에 다시 노래를 들으려 이어폰을 연결하는데 무리

지어 있는 한 아이의 말소리가 내 귀를 파고들었다. 선주 얘기 같아 이어폰을 귀에 꽂지 않은 채 만지작거렸다. 뒤에서 남 얘기하는 애들의 말 따위에 관심을 가지고 싶지는 않지만 궁금한 건 어쩔 수 없었다.

"둘 중에 누가 일진 언니야?"

둘 중? 둘 중에 일진 언니가 있다면 그건 눈썹이다. 그리고 일진 언니라면 눈썹도 나처럼 복학했다는 소리가 된다. 고개를 살짝 옆으로 돌린 채 눈을 굴려 선주를 훔쳐봤다. 나랑 같은 학년이었다는 말을 들으니 어디서 본 듯도 했다.

"머리 스타일 하며 화장한 거 봐. 둘 다 좀 논 것 같은데."

뭐?

수군거리는 아이들을 째려봤다. 날라리 취급하는 애들 때문에 속에서 열이 나는데 매끈한 눈썹은 여전히 아무렇지 않은 듯 앞만 보고 있었다. 어쩌면 있는 사실을 말한 거라 아무 반응이 없는 걸지도 모르겠다. 그렇지만 나는 아니다.

나를 날라리 취급하다니!

도저히 참을 수 없었다. 자리에서 일어섰다. 한 걸음 한 걸음 나에 대해 함부로 떠들어 대는 것들에게 다가갔다.

"알지도 못하면서 말 함부로 하는 거 아니야?"

아이들은 놀랐는지 눈만 깜박거리며 쳐다봤다.

"너희 말조심해."

놀란 아이들을 향해 더는 수군거리지 못하게 쐐기를 박았
다.

따라라라따라따라라―

수업을 알리는 종소리와 함께 현실로 돌아왔다. 마음 같아
선 그렇게 하고 싶었다. 그렇지만 아무것도 못 한 채 아까 그
자세 그대로 앉아 소심하게 노려보고 있던 눈을 책상 서랍으
로 돌렸다. 그리고 첫 수업 과목인 수학 교과서를 꺼냈다.

수업 내용은 머릿속에 들어오지 않고 무슨 소리인지 이해
도 안 갔다. 계속 앉아 있으려니 허리는 아프고 엉덩이는 배
겼다. 그래도 수업 시간이 쉬는 시간에 비하면 훨씬 나았다.
친구들이 없는 쉬는 시간은 고문이나 다름없었다.

옆의 매끈한 눈썹은 종일 변함없는 표정으로 앞만 뚫어져
라 보고, 아이들은 친구들과 떠들고, 나는 바다에 혼자 떨어
진 종이배가 돼서 교실 위를 떠다니고 있었다. 아니 교실 밑
으로 가라앉는 종이배 같았다. 오랜만에 온 학교가 벌써 싫어
졌다. 그동안 그리워했던 것과 너무 달랐다. 몸은 피곤했고
기분은 엉망이었다.

왜 나는 학교를 그리워했을까?

2

불쌍한 인간

뿌드득.

거울에 서린 김을 손으로 닦아 냈다. 욕실 거울에 내 모습이 고스란히 비쳤다. 눈이 먼저 머리 오른쪽 수술 자국을 찾았다. 언제부터인가 수술 자국을 확인하는 버릇이 생겼다. 머리 오른쪽으로 난 수술 자국은 이제 막 머리 표면을 뚫고 나오는 까만 머리털에 조금씩 가려지고 있었다. 어차피 가발을 쓰면 보이지도 않았다. 다음은 빗장뼈에 난 작은 엑스자형 수술 자국. 원래도 작았지만 이제는 희미해져 일부러 찾아보지 않으면 잘 보이지 않았다. 마지막으로 눈이 빗장뼈 바로 아래에 가로로 난 4센티미터 길이의 수술 자국을 찾았다. 그곳에 500원짜리 동전보다 더 큰 검은색 인공물이 들어 있다.

케. 모. 포. 트.

내 중심 정맥과 연결된 동그란 물체. 내 치료를 위해 넣은 포트다. 독한 약물 때문에 퍼렇게 터져 버리는 혈관을 보호하려면 꼭 필요하다며 나에게 제대로 알려 주지도 않고 넣은 물건이었다.

동그란 케모포트가 엷은 가슴살 위로 비쳤다. 내가 봐도 징그러웠다. 이렇게 흉측할 줄 알았더라면 혈관이 터져 버릴지언정 절대 넣지 않았을 것이다. 더운 날에도 목이 파인 옷을 입지 못했고 딱 붙는 옷을 입을 때에도 늘 신경이 쓰였다. 엄마와 언니는 옷 입으면 티도 안 난다고 하지만 내 눈에는 항상 그곳이 입체 퍼즐처럼 볼록해 보였다. 불안한 마음에 교복을 입을 때도 제법 두툼한 티셔츠를 블라우스 안에 입었다.

케모포트가 나에게는 꼭 주홍글씨 같았다. 암에 걸렸던 사람이라는 표시.

난 평범한 사람이 아닙니다. 보세요. 여기 가슴에 거무스름한 물체가 보이죠?

더는 보기 싫어 물기를 닦고 욕실에서 나왔다.

드라이기로 머리 표면을 말리고 엄마가 챙겨 놓은 체육복을 가방에 담았다. 그리고 또 거울을 들여다봤다. 오늘따라 유독 케모포트가 마음에 걸렸다. 체육복으로 갈아입다가 누군가 우연히 본다면 '이 볼록한 건 뭐야?' 하고 물을 것만 같았다.

"선생님, 저……."

케모포트와 가발 때문에 힘들게 체육복을 갈아입고 나왔지만 망설여졌다.

"왜?"

체육이 '넌 뭐야?' 하는 표정으로 나를 위아래로 훑어봤다. 체육의 기분 나쁜 눈빛에 그냥 뛸까 생각했지만 솔직히 아직 오래 걷지도 못했다. 뛰다가 뒤처지면 망신이기도 하고 머리띠 때문에 잘 움직이지는 않겠지만 가발이 흐트러질까 신경도 쓰였다. 체육이 수업 시작할 때 늘 하는 운동장 두 바퀴 뛰기만 빼달라고 말할 생각이었다.

"의사 선생님께서 무리하지 말라고 하셔서 운……."

"아, 너구나. 얘기 들었다. 힘들 테니 스탠드에서 쉬어라."

말이 끝나지도 않았는데 체육이 아예 수업에서 나를 제외해 버렸다. 수업을 하지 않겠다는 이야기가 아니었다. 당분간 뛰기만 빼달라고 말하려는 거였다.

"아니요, 수업은……."

"괜찮아. 쉬어라."

또 내 말을 끊어 버렸다. 게다가 순식간에 기분 나쁘게 보던 시선과 짜증스러운 목소리가 싹 사라지고 측은한 눈빛으로 바뀌었다. 방금 나를 불쌍히 여기는 인간이 하나 늘었다.

체육의 눈빛에 가뜩이나 좋지 않은 기분이 더 가라앉았다. 그들은 연민의 눈빛이라 생각하겠지만 나에게는 굴욕감을 느끼게 하는 눈빛이다.

체육에게 예의상 목인사를 하고 되도록 멀리 떨어지려 스탠드 가장 위쪽으로 올라가 앉았다. 아이들은 물론 학교 밖의 상점이며 도로까지 한눈에 보였다.

"자, 번호대로 줄 맞춰 운동장 두 바퀴."

아이들은 부러움과 질투 어린 시선으로 특별 대우받는 나를 한 번씩 흘깃 보고는 이내 줄을 맞춰 뛰기 시작했다. 하지만 한 아이만은 나에게 시선을 놓지 않았다. 나에게 관심 없는 듯 제대로 말 한 번 걸지 않았던 선주였다. 나를 보고 뛰느라 줄에서 조금씩 어긋나던 선주는 체육이 줄 맞춰 뛰라고 호루라기를 불자 그제야 눈을 돌려 줄을 맞춰 뛰었다. 같은 반이 된 지 이제 사흘이 지났을 뿐인데 아이들은 척척 줄을 맞춰 뛰었다. 한 바퀴 돌고 또다시 한 바퀴.

왜 나만 아팠어야 해? 다른 애들은 저렇게 건강한데!

눈물이 핑 돌았다. 울지 않으려고 입술을 꽉 깨물었다. 억울했다. 내가 병에 걸린 게 저 아이들 탓이 아닌 걸 아는데도 뛰고 있는 아이들을 볼수록 화가 났다. 가슴속에서 뭔지 모를 경계심이 생겼다. 저 아이들과 나는…… 다르다.

더 앉아 있기가 싫었다. 일어나 체육복 바지를 털고 체육에게 추워서 교실로 들어가고 싶다고 말했다.

"그래 봄바람이 아직 차다. 감기 걸릴지 모르니 들어가라."

예상대로 체육은 걱정까지 해 주며 들어가라고 했다. 암이라는 건 모든 이들에게 동정을 살 만한 좋은 이유다. 죽는 것도 아니고 지금 치료를 받는 것도 아닌데 그들은 날 늘 불쌍하게 봤다. 같은 병을 앓는 어른들마저 나를 보며 어린애가 아파서 어찌하느냐고 혀를 차고는 했다. 혀를 차는 어른도 나도 남들에게는 다 똑같은 불쌍한 인간일 뿐인데 말이다.

드르륵.

교실 문을 열고 들어갔다. 애들이 급하게 벗어 놓은 교복 치마며 블라우스가 널브러져 있었다. 어수선해 보이는 교실 안에서 아이들 냄새가 났다. 자리에 앉아 팔을 베고 비스듬히 엎드렸다. 창문으로 들어오는 햇볕이 따뜻했다. 아무도 없는 교실에서 편히 쉴 수 있다니 처음으로 아팠다는 게 나쁘지만은 않다는 생각이 들었다.

"야."

누군가 나를 흔들었다. 동시에 잠이 덜 깬 내 귀에 수업 종소리가 들렸다. 번쩍 눈을 떠 보니 다른 아이들은 벌써 교복으로 갈아입은 상태였다. 곧 수학 시간인데 책도 사물함에 있고, 옷도 갈아입지 못했다. 정신없이 사물함에서 책을 꺼내 자리에 앉으니 수학이 들어왔다.

깨우려면 좀 일찍 깨우지.

머리

선주가 노트 구석에 무언가를 적어 내 앞으로 내밀었다. 무슨 뜻인지 몰라 선주 얼굴을 쳐다봤다. 선주가 조금 당황한 듯 손으로 내 머리를 가리켰다.

머리!

무슨 뜻인지 깨닫자 숨이 헉 막혔다. 재빨리 거울을 꺼냈다. 수학 눈에 띄지 않도록 앞에 앉은 아이의 의자 뒤로 거울을 바짝 붙여 들여다봤다. 가발의 옆머리 부분이 살짝 비틀어져 있었다. 게다가 팔베개했던 쪽의 눈썹 반이 지워져 있었다. 우선 급한 대로 머리띠를 다시 하는 척하면서 가발을 정리했다.

눈썹은 어떡하지?

반쯤 지워진 눈썹 때문에 거울에서 눈을 뗄 수 없었다. 지금 눈썹을 그리는 건 말도 안 되는 일이라는 걸 알지만 그리고 싶은 절실한 마음을 누를 수가 없었다. 필통에서 눈썹 펜을 꺼내 손에 쥐었다.

탁. 탁.

하마터면 눈썹 펜을 놓칠 뻔했다. 수학이 어느새 선주 옆으로 와 있었다. 선주도 수학이 옆에 온 걸 몰랐는지 놀란 듯 몸을 움찔했다.

"거울 보는 것도 모자라서 눈썹까지 그리시려고요?"

수학의 비아냥거림에 키득키득 웃는 소리가 들렸다.

"죄, 죄송합니다."

"복학했으면 달라져야지. 하는 짓 하고는. 수업 끝나고 교무실로 와."

세팅한 머리에 온갖 화장을 하고 눈썹까지 가지런히 정리한 수학이 한심하다는 듯 나를 보고는 교탁 앞으로 돌아갔다. 나에게 집중됐던 아이들 시선도 다시 교탁으로 떠났다.

아이들이 반만 남은 내 눈썹을 봤을지도 모른다는 생각에 순간 머릿속이 멍해졌다. 수학과 반 아이들은 아무 일도 없는 듯 수업을 했지만 나는 점점 수치심이 커졌다.

하는 짓이라니!

눈썹 그리는 펜은 나 같은 아이에게 정말 필요한 물건이다. 희미한 눈썹 때문에 바보처럼 보이지 않으려고 사용하는 필수품. 얼굴에 화장을 떡칠하고 예쁘게 보이려고 눈썹 펜을 쓰는 수학한테 비난받아야 할 짓이 아니다. 수업 시간 내내 수학 뒤통수를 뚫어지게 노려봤다.

수업이 끝나고 수학을 따라 교무실에 갔지만 담임을 만나서 별일 없이 끝났다. 담임이 뭐라고 그랬는지 수학은 교실로 가는 나를 복도에서 붙잡아 오히려 격려까지 해 주었다. 수업 시간에 날 보던 눈빛과 달라졌다. 분한 마음에 눈물이 나려는 걸 꾹 참았다.

억울함에 집에 와서 한참을 청승 떨며 울었지만 기분이 나아지지 않았다. 나를 아는 모든 이들의 시선이 달라졌다. 그 시선들이 내 지난날을 감추고 나를 감추게 한다. 나는 보여 줄 필요가 없었다. 그들은 이미 나를 불쌍한 존재로 단정 지어 버렸다.

침대에 누워 이런저런 생각을 하다 보니 진아 언니 말대로 검정고시를 볼 걸 괜한 오기를 부린 건 아닌가 하는 생각이 들었다. 그러고 보니 학교 가는데 온통 신경을 빼앗겨 진아 언니에게 오랫동안 연락을 하지 못했다. 안부 전화를 할 생각에 단축키를 눌렀다. 통화 연결음이 한참 울리고서야 진아 언니가 전화를 받았다.

"서현이구나."

진아 언니 목소리에 힘이 없었다.

"몸은 어때?"

힘없는 목소리를 들으니 인사처럼 몸 상태부터 묻게 된다.

"응. 그냥 그렇지 뭐."

"병원이야?"

"그렇지 뭐. 학교는 어때? 좋지?"

진아 언니 목소리가 축 처져 있는 걸 봐서 병원인 줄 알았다.

학교에 가고 싶지 않아. 아무도 없어서 왕따야. 애들도 싫고 선생님들도 싫어.

그렇게 마음속 말을 털어놓고 싶었다. 언니한테 넋두리를 늘어놓고 싶었다. 하지만 좀처럼 입이 떨어지지 않았다.

"부럽다. 난 언제 병원 벗어나지?"

결국, 부럽다는 언니 말이 마음속 말을 모두 삼켜 버리게 했다. 아픈 뒤로 나를 이해해 주는 사람은 진아 언니뿐이었다. 언제나 내 얘기를 들어줬고 가족에게도 친구들에게도 할 수 없던 말까지도 진아 언니에게는 할 수 있었다. 그런데 그런 진아 언니에게도 내 마음을 꺼낼 수가 없었다.

통화가 길어지니 진아 언니 목소리에 힘이 더욱더 빠졌다. 나도 힘이 빠졌다. 서둘러 전화를 끊었다. 언니에게 하소연할 수도 없고, 내 마음을 알아주는 친구도 없다. 이제 날 이해해 줄 수 있는 사람이 없는 것 같아 마음이 불안하고 허전했다.

이런 게 외로움인가?

3

이방인

시계를 보니 약속 시각까지 아직 여유가 있었다. 두피도 바짝 말릴 겸 그동안 텔레비전이나 볼 생각으로 거실로 나와 소파에 앉았다.

"진짜 놀고 있네."

예쁜 여자가 무균 병실 안에서 찰랑찰랑 긴 머리를 휘날리며 눈물을 머금고 있었다. 무균 병실 밖에서는 그 예쁜 여자의 친구가 눈물을 흘리고 있었다. 영화를 보고 있자니 욕이 절로 나왔다.

"이서현! 또 시비 건다."

영화에 한참 빠져 있던 언니가 휴지를 한 움큼 쥐고는 나를 흘겨봤다.

"저게 말이 되냐? 머리 길이를 봐라."

무균 병실에 들어가는 건 항암 치료로 면역력이 바닥났기 때문이다. 감염 문제 때문에 환자는 반드시 머리카락을 밀고 들어가고, 침실 밖에 있는 보호자도 24시간 내내 항균 모자를 쓰고 있어야 한다. 영화감독이나 작가란 작자가 암에 대해 조금이라도 알아보기는 한 건지 의심스럽다.

"저 한 장면 찍으려고 그 긴 머리를 밀긴 아깝잖아."

"그럴 자신이 없으면 저런 영화 찍지를 말아야지. 현실성이 없잖아. 현실성이."

내 눈에는 남녀 간의 애틋한 사랑 따윌 보여 주려고 애꿎은 암환자만 이용한 것처럼 보였다.

"별것도 아닌 것 가지고 그런다."

다른 사람들에게는 저런 게 별것 아닌 것처럼 보일까?

"참나. 저 아이라인 좀 봐라!"

아프다고 누워 있는 여자의 눈에는 아이라인까지 그려져 있었다. 항암 치료를 받으면 큰 눈도 부어서 실눈이 되기 일 쑤인데, 예쁘게 보이려고 마스카라에 아이라인까지 했다. 어이가 없어서 비웃음이 나왔다. 좋은 마음으로 봐 줄 수가 없었다. 감독, 작가와 더불어 배우까지 한심해 보였다.

"계속 영화랑 시비 붙을 거면 방에 들어가. 영화 감상 좀 하자."

언니가 이제 얘기하기 귀찮다는 듯 다시 영화 화면으로 눈을 돌렸다. 그렇지 않아도 들어가려고 했다. 아무리 시간이 남아도 저딴 한심한 영화는 보고 싶지 않았다.

"쯧쯧, 영화를 저렇게 만드니 암에 걸리면 다 죽는 줄 알지."

방에 들어가 가발을 쓰고 나갈 준비를 마치고 나왔더니 여자 주인공은 결국 죽고 남자 주인공이 처량하게 울고 있었다.

문득 작년 추석 일이 생각났다. 차례를 지내고 친척들 몇이 앉아서 텔레비전을 보고 있었다. 그때 뜬금없이 사촌 동생이 물었다. 누나! 암에 걸리면 죽지? 옆에 있던 작은 엄마는 거의 사색이 되어 동생을 야단쳤다. 내 눈치만 보는 친척들 때문에 기분도 나빴지만 이제 초등학교 2학년인 사촌 동생이 도대체 암에 걸리면 죽는다는 생각은 어떻게 했을까 생각하니 기막힐 따름이었다.

"그래, 세상에 네 맘에 드는 게 어디 있겠어."

"그래, 다 맘에 안 든다. 나 나가."

"어디? 누구 만나러?"

훌쩍이던 언니가 화면을 정지시키고 현관까지 쫓아 나왔다.

"언니한테까지 보고해? 엄마만으로도 충분해."

"누구 만나러 가는데? 응?"

"전철역에서 애들 만나기로 했어."

갈수록 언니도 엄마 못지않은 잔소리꾼이 되어 간다.

"피곤하면 빨리 들어와. 알았지?"

대답 대신 모르겠다는 듯 어깨를 한 번 으쓱거리고 나왔다. 학교 가는 걸 제외하면 정말 오랜만의 외출이다. 화창하게 맑지는 않지만 봄비가 자주 내렸던 최근 날들에 비하면 괜찮은 날씨. 이런 날 집 근처 피자집으로 가는 게 조금 아쉽긴 했다. 그래도 친구들을 만날 수 있어서 좋다. 고등학교에 간 후로 야자에 학원에 과외까지 좀처럼 만날 시간이 없었다.

"언제 왔어?"

피자집에는 벌써 소영이와 지연이가 자리를 잡고 이야기를 나누고 있었다.

"20분 전쯤."

소영이가 가방을 치워 자리를 비워 줬다.

"기다리지 마시라고 먼저 와서 니가 좋아하는 걸로 시켜 놨지. 잘했지?"

마주 앉은 지연이가 반달눈으로 웃었다. 뽀얀 피부를 가진 지연이는 정말 예뻤다. 그러니 남자애들한테 당연히 인기가 많았다. 그에 비해 황달이 온 것 같은 어둡고 누런 내 얼굴은 한숨만 나온다.

"어. 그럼 둘 다 약속 시간보다 일찍 온 거야?"

먼저 왔다는 말을 들었으면서도 확인하고 싶었다.

"우리 둘은 좀 일찍 약속 잡았어."

소영이가 차분하게 답했다. 예전에는 이런 소영이의 차분하고 깔끔한 분위기가 좋았는데 지금은 차갑게만 느껴졌다. 나한테 말도 없이 둘이 먼저 약속을 잡았다. 나를 위한 배려인 것 같은데 왠지 모르게 서운했다.

피자가 나와도 내가 오기 전부터 했던 것 같은 고등학교 얘기가 좀처럼 끝나지 않았다. 둘이서 주거니 받거니 이야기를 나눴다. 대화에 도저히 들어갈 틈이 없었다. 투명인간이 된 것 같았다. 이럴 거면 자기들끼리 만나지 왜 나를 불렀는지 모르겠다. 여기 와서 소영이, 지연이와 한 얘기라고는 인사와 아픈 데 없냐고 묻고 대답한 짧은 대화가 전부였다.

"무슨 생각해? 컵 바닥에 구멍 나겠다."

지연이가 내 얼굴 앞에서 손을 휙휙 흔들어 댔다.

"어?"

딴생각을 접고 보니 얼음만 남아 있는 컵을 계속 빨고 있었다.

"말 좀 해라. 왜 이렇게 말을 안 해."

소영이가 내 컵에 음료수를 부었다. 내가 이 자리에 있다는 걸 알고 있기는 했나 보다.

"그래. 요즘 왜 이리 말씀이 없지?"

눈웃음을 띤 지연이까지 나를 빤히 봤다. 나도 이야기에 동참하고 싶은 마음이 굴뚝같다. 하지만 함께 공유하는 부분이 없으니 도대체 언제 어떤 말을 해야 할지 도통 알 수가 없었다.

"뭐 기분 나쁜 일 있어?"

"아니. 그냥, 뭐, 좀 피곤해서……. 참, 너희 이선주 알아?"

소영이에게 기분을 들킨 게 무안해 얼른 화제를 돌릴 이야깃거리를 찾았다.

"이선주?"

소영이가 고개를 갸웃거렸다.

"복학했다는 애가 이선주야?"

지연이가 뭔가 알고 있는지 야릇한 미소를 지었다.

"맞아. 알아?"

화제를 돌리려고 꺼낸 말이기는 하지만 전부터 궁금했던 이야기였다.

"걔잖아. 작년 4월인가? 왜 집단 패싸움 때문에 학교 발칵 뒤집어진 적 있었잖아. 그때 학교 휴학하고 필리핀으로 유학 간 애. 기억 안 나?"

지연이가 소영이의 동의를 구하는 듯 물었다.

"기억나. 싸움한 애 한 명이 병원에 입원해서 문제가 커졌잖아. 권고 조치 받고 다른 애들은 다 전학 갔는데 걔만 유학

갔었지."

말하는 소영이 미간이 살짝 찌푸려지는 걸 봐서는 소영이
가 선주를 싫어하는 게 확실했다.

"걔 좀 별로야. 어울리지 마."

지연이 말에 소영이가 고개를 끄덕였다. 선주랑 어울리고
싶은 마음은 없었지만 소영이, 지연이가 선주를 걔, 걔 하고
부르는 게 이상하게 불편했다.

공통의 화젯거리가 사라지고 또다시 고등학교 이야기가 시
작됐다. 할 말이 없어 빨대로 얼음을 휘저으며 피자집 안을
둘러보다 얼른 고개를 숙였다. 하지만 이미 눈이 마주친 뒤였
다.

"야! 이서현. 오랜만이다."

순간 고개를 들 뻔했다. 이 모습으로 만나고 싶지 않았다.

"너희도 오랜만이다."

소영이, 지연이와 짧은 인사가 오갔다. 이제 모르는 척하
면 광년이가 되는 거다. 최대한 담담한 표정을 지으며 서 있
는 아이를 바라봤다. 은율이다. 2년을 같은 학원에 다녔고 내
가 좋아했던 아이.

"응, 오랜만이네."

여유롭게 웃어 보이려고 노력하는데 잘 되고 있는지 모르
겠다.

"몸은 괜찮아? 애들한테 네 얘기 들었어."

"응."

간신히 대답만 뱉어냈다. 옛날에는 나한테 관심도 없더니……. 그 관심 예전에나 환영했지 지금은 아니다. 그저 빨리 사라져 버렸으면 좋겠다.

"우리 학원가야 해서."

내가 불편해하는 걸 알았는지 소영이가 가방을 메고 계산서를 들었다.

"그래, 건강하고. 다음에 보자."

"그래."

형식적인 인사를 하고 은율이가 멋쩍은 듯 친구들이 있는 자리로 돌아갔다.

다음에 또 보긴! 그리고 언제부터 내 건강을 그리 걱정했는지. 정말이지 웃기는 애다. 그래도 온 힘을 다해 웃어 보였다.

피자집을 나와 학원으로 가는 소영이, 지연이에게 인사를 했다. 그러고는 피자집 옆 커피 전문점으로 들어가 가지고 있는 돈만큼 동그란 다크 초콜릿을 샀다. 그래도 한때 좋아했던 아이인데 이렇게 만나니 착잡했다. 초콜릿 두 개를 먹으며 쉬지 않고 걸었더니 착잡한 마음은 가라앉았다. 하지만 가슴

한구석이 허전했다. 초콜릿 한 개를 또 뜯었다. 가장 친한 친구들을 만나고 돌아왔는데 기분이 좋지 않았다. 소영이나 지연이가 일부러 날 대화에서 빼 버린 것도 아닌데 왠지 서글펐다. 점점 모를 감정들이 생기는 게 너무 싫었다. 빨리 집에 가서 모든 생각을 멈출 수 있게 자고 싶었다.

"초콜릿 샀네? 무슨 일 있었어?"

문을 열어 준 언니가 내 손에 든 초콜릿을 보더니 내 눈치를 살폈다.

"아무 일 없어."

내 얼굴은 언제나 어수룩하게 감정을 숨기지 못했다. 잠시라도 내 얼굴이 감정을 숨겨 준다며 사람들 몰래 혼자 풀어버릴 수 있을 텐데 내 얼굴은 한 번도 나를 봐주지 않는다.

"아무 일 없는 표정이 아닌데?"

그냥 넘어가 주면 좋겠는데 언니도 날 봐주지 않는다.

"그냥 피곤해."

"어디 안 좋아? 얼마나? 병원 가야 하는 거 아니야?"

아차!

말을 잘못 골랐다. 저녁 준비하던 엄마가 나오고 텔레비전 보던 아빠 시선까지 꽂혔다.

"서린아! 체온계 가져와 봐."

아빠가 장식장 문을 열고 구급약 상자 안에서 체온계를 꺼

33

내 언니에게 건넸다. 언니가 내 방문에 서서 날 붙들고 있는 엄마에게 체온계를 건넸고, 엄마가 귀에 얼른 체온계를 꽂았다. 정말 환상의 호흡이다.

삐-.

체온이 정상이었는지 엄마가 체온계 뚜껑을 다시 닫았다.

"그냥 피곤하다고 했지 누가 아프대. 아, 진짜 짜증 나."

내 팔을 잡은 엄마 손을 뿌리치고 방으로 들어갔다. 피곤했다. 이것저것 생각이 많아져서 피곤하고, 이것저것 간섭받는 것도 피곤했다. 아프기 전에도 피곤했는데…… 병이 재발하는 건 아니겠지? 생각만으로도 온몸에 진저리가 났다.

밤새도록 잠을 설쳤다. 피곤함 때문인지 윙윙거리는 녹즙기 소리가 아침부터 귀에 거슬렸다.

"그만 미적거리고. 밥 먹어."

녹즙을 다 갈았는지 엄마가 방문을 열어젖혔다. 일찍 일어나도 학교에 가기 싫으니 자꾸 행동이 느려졌다. 게다가 오늘은 눈썹까지 마음대로 그려지지 않았다. 꼭 이렇게 잘 안 그려지는 날이 있다. 그런 날에는 몇 번을 다시 그려도 마음에 들지 않았다.

"녹즙 안 먹으면 안 될까?"

"왜 속이 안 좋아?"

엄마랑은 대화가 안 된다. 뭐든지 병과 연관시켜 버렸다. 녹즙은 이제까지 먹어 본 음식 중에 최악이었다. 먹는 사람이 맛있게 먹어야 몸에도 좋지 먹기 싫은 걸 억지로 먹는다고 몸에 좋을 리가 없다는 게 내 생각이다. 하지만 더 토를 달았다가는 학교 갈 때까지 건강식에 대한 잔소리를 들어야 할 것 같아 눈썹 펜을 내려놓고 주방으로 나갔다. 이제 겨우 눈썹 그리는 것에 관해 잔소리를 듣지 않게 됐는데 엄마에게 새로운 잔소리 거리를 주고 싶지 않았다.

코로 쉬는 숨을 참고 녹즙을 한 번에 억지로 넘겼다.

"엄마, 나 학교 갈게."

엄마가 녹즙기 정리하는 틈을 타 얼른 인사만 하고 집을 나왔다. 빨리 학교에 갈 이유는 없었다. 오히려 학교에 가지 않고 어디론가 훌쩍 사라져 버리고 싶었다.

일부러 먼 거리를 돌아 학교에 갔지만 아침을 안 먹고 와서인지 다른 날보다 일찍 학교에 도착했다. 교실에 아이들이 반도 안 왔고, 선주도 오지 않았다. 자리에 앉아 창 너머 운동장과 교문 쪽을 바라봤다. 운동장은 텅 비었는데 교문으로 들어온 아이들은 끊임없이 언덕길로 들어서고 있었다.

"저, 언니."

언니란 말에 흠칫 놀라 고개를 돌렸다.

"놀랐어요? 미안해요. 언니."

한 아이는 우리 반 아이가 맞는데 다른 아이는 처음 보는 아이였다.

"어. 괜찮아."

"뭐 물어봐도 돼요?"

우리 반에서 나대기로 유명한 아이. 이 아이 이름이 뭐였더라?

"어? 응."

처음 보는 아이가 우리 반 아이의 팔을 살짝 잡아당기며 말리는 눈치다. 나에게 물어볼 게 뭐가 있을까?

"언니! 암 걸렸던 거 맞아요?"

우리 반 아이가 호기심 가득한 눈으로 물었다. 암이라는 단어를 듣는 순간부터 심장 뛰는 소리가 점점 크게 울렸다. 이 호기심 많은 아이 귀에도 들릴까?

"⋯⋯어."

우리 반 아이를 보던 시선은 책상 아래로 떨어지고 잘못을 저지른 사람처럼 목소리가 기어들어 갔다. 막연하게 다른 아이들이 언젠가 알게 될 거라 생각은 하고 있었다. 다만, 그게 지금일 줄은 몰랐다.

"자리 좀 비켜 줄래?"

마침 선주가 왔다. 두 아이가 후딱 자리를 비켰다. 선주는 무서운 모양이었다. 선주가 온 게 이렇게 기쁠 수가 없었다.

"맞잖아."

자리를 비키고 돌아가는 다른 반 아이가 우리 반 아이에게 자신의 말이 진짜라 기쁘다는 듯 뻐겼다. 아이들 숙덕거리는 소리가 들렸다. 안 듣고 싶어 안 들으려 해도 귓바퀴를 타고 들려 왔다.

왜 당당하게 말하지 못했던 걸까?

병에 걸린 건 죄도 아니고 남에게 해를 끼친 것도 아니다. 정말 힘든 시간을 이겨 내고 돌아왔는데 왜 부끄러운지 모르겠다.

아침부터 일이 꼬이더니 갈수록 참담했다. 아프다고 집에 갈 수도 없고, 이대로 있자니 나 자신이 초라해 미칠 지경이었다. 2교시가 지나도록 아이들과 눈이 마주칠까 봐 자리에서 일어나지도 못했다. 그나마 다음 시간이 체육이라 다행이었다.

체육복도 갈아입지 않고 교실을 나섰다. 몸이 좋지 않아서 교실에서 쉬고 싶다고 체육한테 말할 생각이었다. 아이들을 따라 운동장 계단을 내려가는데 뒤에서 누군가가 나를 툭 치며 내려왔다. 반 아이들도 싫어하는 날라리 패거리 세 명이었다.

"나도 병에 걸렸으면 좋겠다. 체육 좀 안 하게."

뭐가 그리 재밌는지 지들끼리 킥킥댔다. 모욕감에 입술이 부들부들 떨렸다. 킥킥대는 얼굴들을 쏘아봤다.

"뭘 쳐다봐."

위협적인 표정에 나도 모르게 몸이 움찔거렸다. 시선을 돌렸다. 억울하지만 무서웠다.

"그만해라."

선주가 계단에서 내려와 내 옆에 섰다. 꼭 애들 싸움에 엄마가 온 것처럼 천군만마를 얻은 기분이었다.

"이제 일진도 아닌 주제에."

나 때문에 싸우는 건 아니겠지? 가슴이 조마조마해졌다.

"그래서?"

잠깐씩 무서울 만큼 냉정한 표정을 짓고 있을 때가 있긴 했지만 순간 선주에게서 소름이 끼칠 정도로 강한 카리스마가 느껴졌다. 애들도 그런 느낌을 받았는지 기분 나쁜 표정으로 누구한테 하는 욕인지 모를 욕을 하면서 내려갔다.

"미안해."

"나한테 무슨 죄지었어?"

내 편을 들었던 선주인데 이상하게 나에게 화가 난 말투였다. 게다가 화난 사람처럼 돌아서서 계단을 내려가 버렸다.

바보! 고맙다고 말했어야 했는데!

교실로 돌아와 혼자 있으려니 조금 전 일과 선주가 머릿속에 맴돌았다. 날라리 패거리들이랑 별반 차이가 없는 아이라고 생각했는데 아닐지도 모른다는 생각이 처음으로 들었다.
그래서일까? 나도 모르게 종일 선주를 흘깃흘깃 쳐다보고 있
었다.

- 4 -
과거에 머물다

"꼭 가야 해?"

아침에 벌써 끝낸 이야기지만 여전히 내키지가 않았다. 그러니 교문 앞에 서 있는 엄마에게 말이 좋게 나갈 리 없었다.

"또 그 소리. 빨리 오기나 해."

"오늘 수업 못 들으면 얼마나 손해인 줄 알아?"

"그럼 어떡해. 토요일에는 교수님 진료가 없잖아. 지금 미루면 빨라야 2주 뒤야. 미루면 예약 다시 잡기가 얼마나 어려운데 그런 소리를 해."

"시험 못 봐도 나한테 뭐라고 하지 마."

오랜만에 보는 시험이라 나름 신경이 쓰였다.

"그깟 시험 못 봐도 돼."

엄마가 택시를 잡으려고 손을 내밀었다.

그깟 시험 못 봐도 된다니!

예전에는 학생에게 가장 중요한 것은 공부고 시험이라고 구호처럼 외치던 엄마였고, 시험 때마다 공부 안 한다고 난리를 치던 엄마였다.

"서현아! 얼른 타."

엄마가 어느새 택시를 잡아 뒷문을 열었다. 평일 낮이라 도로에 차가 없어서인지 택시가 쌩 소리를 내며 달렸다.

언제 이렇게 꽃이 폈지?

하루하루가 더디 가고 뭘 했는지 기억나는 것도 없는데 시간은 금방 간다.

한숨이 길게 나왔다. 병원에는 정말 가기 싫다. 무엇보다도 병원 입구에서부터 나는 방향제 섞인 소독약 냄새가 싫었다. 생각만으로도 그 냄새가 또렷하게 느껴져 속이 울렁거렸다. 게다가 그 냄새는 병원에 있는 것처럼 느껴지게 하는 효과도 발휘했다.

택시가 병원 택시 승차장 앞에 섰다. 엄마가 요금을 내는 동안 가방에서 얼른 마스크를 꺼내 썼다. 병균에 대한 방어가 아닌 냄새에 대한 방어 차원에서다.

암 센터 앞은 언제나처럼 사람들로 북적였다. 예약을 해도 기다리지 않고 제시간에 진료를 보는 날은 손에 꼽아야 했다.

전에는 세상에 이렇게 암에 걸린 사람들이 많은지 몰랐다.

"서현아! 다음에 들어가야 하니까 몸무게 재고 기다려."

간호사 선생님이 바쁘게 차트를 준비하며 진료실 앞으로 나를 불렀다. 가슴이 조금씩 두근거리기 시작했다.

"지난주에 MRI 찍은 거 결과 먼저 봅시다."

진료실에 들어서자 선생님은 모니터 화면에 떠 있는 내 머리 사진을 마우스로 클릭하며 계속 넘겼다. 엄마는 선생님 입에서 무슨 말이 나올지 긴장한 얼굴이었다. 나도 긴장하기는 마찬가지다. 이제는 아프지 않지만 검사 결과를 듣는 것은 언제나 떨렸다.

"작년에 MRI 찍은 것하고 달라지지 않았네요. 좋네요. 서현이 어디 아픈 곳 있니?"

"아니요."

6개월 만에 다시 찍은 MRI 결과가 좋다는 말에 엄마 얼굴이 환해졌다. 나 역시 한순간에 긴장이 풀렸다. 선생님이 몸무게가 얼마인지, 머리가 아프지는 않은지, 다리는 어떤지 늘 하는 질문들을 했다.

"이제부터 두 달에 한 번씩만 보자. 매달 오지 않더라도 포트 막히지 않게 약 넣는 거 잊지 말고."

엄마는 진료실을 나오면서 연신 머리를 숙여 고맙다고 인사했다. 나는 무엇보다도 두 달에 한 번 보자는 선생님 말씀이 고마웠다.

"엄마, 진아 언니 좀 보고 가자."

지난번 외래 왔을 때는 언니가 퇴원해서 만나지 못했다.

"그래. 병원비 계산하고 올라가자."

엄마가 수납창구 대기표를 뽑아 들었다. 나는 조용한 곳을 찾아 휴대 전화를 꺼냈다. 먹고 싶은 게 있느냐고 물어봐도 없다고 할 테지만 혹시나 싶어 진아 언니한테 전화를 걸었다.

"언니! 뭐 먹……."

무심코 바라본 병원 로비 중앙의 엘리베이터 앞 사람들 속에서 선주를 본 것 같았다. 하지만 금세 엘리베이터 안으로 사라지는 바람에 확인할 수가 없었다.

"서현아! 이서현! 왜 말을 안 해?"

전화기 속에서 진아 언니가 힘없는 목소리를 최대한 높여 나를 불렀다.

"어? 미안, 언니 뭐 먹고 싶은 거 있어?"

다시 한 무리의 사람들이 엘리베이터를 타러 모일 때까지도 나는 그곳에서 시선을 떼지 못하고 있었다.

"먹고 싶은 거 없어. 그냥 올라와."

역시나.

"그래도 뭐 먹고 싶은 거 없어?"

먹어야 기운이 나서 치료를 받을 수 있다. 한 번 더 권했다.

"그럼 생과일주스. 딸기로."

"뭐라고 그럴 텐데? 다른 건 없어?"

"상큼한 거 먹고 싶어."

진아 언니 마음을 알기에 꼭 사가겠다는 말을 하고 전화를
끊었다.

"엄마, 나 뭐 좀 사올게. 먼저 올라가."

수납 창구 앞으로 돌아오니 엄마는 대기표를 들고 정신없
이 번호가 바뀌는 전광판을 보고 있었다.

"병원비 계산하고 같이 가지?"

"아냐. 엄마 대기 번호 봐. 놓치면 또 기다려야 하잖아."

엄마가 전광판 앞에서 망설이는 순간 재빨리 뛰었다. 엄마
랑 같이 가면 시작도 못 해 보고 실패할 게 뻔했다. 병원 카페
에서 먼저 생과일주스를 하나 시켰다. 그리고 엄마한테 보여
주기 위한 건강 음료도 하나 샀다.

"언니!"

바짝 마른 진아 언니가 생기 없이 웃어 보였다. 살이 더 빠
져서인지 지난번보다 입 주변에 주름이 더 많이 보였다.

"엄만 진아 엄마랑 차 좀 마시고 올 테니까 진아랑 놀고 있
어."

그럴 줄 알았다. 엄마는 항상 병원에 오면 진아 언니 엄마

를 병실에서 데리고 나갔다.

"아줌마! 울 엄마랑 오래 있다가 오세요. 언니랑 할 얘기 많아요."

진아 언니만큼이나 피곤해 보이고 비쩍 마른 아줌마가 슬며시 웃었다. 그때 우리 엄마 얼굴도 저랬을까? 어쨌든 엄마랑 아줌마가 나갔다. 얼른 가방 안에서 생과일주스를 꺼냈다. 생과일주스의 생명은 시원함인데 벌써 얼음이 절반 가까이 녹았다. 그나마 음료수가 컵 밖으로 새지 않아 다행이었다.

"얼른 마셔. 간호사 선생님 보면 압수다. 압수."

사실 들킨다고 큰일이 나는 것도 아니다. 잔소리 듣고 음료수만 뺏기면 끝나는 일이다.

"와, 진짜 살 것 같다."

진아 언니가 빨대로 시원하게 쭉 빨아 마셨다. 맛있게 먹는 언니 얼굴을 보니 잘했다 싶었다.

나도 그랬다. 속이 울렁거려 많이 먹지는 못했어도 시원한 탄산음료, 과일주스, 냉면 같은 음식들은 정말 먹고 싶었다. 한겨울에도 병원은 언제나 덥고 답답하니까. 아픈 게 뭐라고 이깟 음료수 하나 먹는데도 가슴을 졸여야 하는지 모르겠다. 그래도 혹시 모르니 생과일주스 때문에 아프지 않게 해 달라고 마음속으로 기도했다.

"언니! 창문 잠깐만 열어도 돼?"

진아 언니 자리는 언제나 창가다. 6인 병실에 장기 입원하
다 보면 누구나 창가 쪽이 가장 좋은 자리라는 걸 안다. 그래
서 창가 침대는 1년 내내 자리가 빈 적이 없었다. 창가뿐 아
니라 다른 자리도 비는 날은 아주 드물었다. 치료받는 동안
병실에 침대가 비는 걸 본 건 명절날뿐이었다.

"응."

진아 언니가 카디건을 걸쳤다. 병실 사람들이 창문 여는
것을 싫어하는 건 알지만 약 냄새를 견딜 수 없었다. 아까부
터 계속 울렁거렸다.

"밖에 꽃 많이 피었네."

언니가 창밖을 처음 보는 것처럼 말했다.

"그러게. 오는데 보니까 병원 입구에 벚꽃 활짝 폈더라."

"기분 나쁘게 꽃 활짝 폈네."

"맞아. 기분 나쁘게 날씨도 좋아."

옛날 생각이 나서 진아 언니랑 마주 보며 키득키득 웃었
다. 우리에게는 비 오는 휴일처럼 좋은 날이 없었다. 누구는
이렇게 병원에서 밥도 못 먹고 힘들어 죽겠는데 날씨 좋다고
바다며 산으로 놀러 가는 휴일이 싫었다. 장마철도 좋았고 휴
일에 폭우도 무척 반가웠다. 내가 나갈 수 없으니 다른 사람
들도 못 놀았으면 좋겠다고 생각했다. 엄마랑 언니는 놀부 심
보라고 했지만 사실 그런 날이 얼마나 될까? 어차피 놀 사람

은 놀러 가겠지만 놀러 가는 사람들 기분에 찬물이라도 끼얹는 것 같아서 시원했다. 진아 언니랑 창문을 보면서 비나 와라 비나 와라 노래를 했는데, 지금은 조금씩 비 오는 날이 싫어진다. 우산도 들고 다녀야 하고 옷도 젖고 몸도 늘어진다. 어쩐지 언니한테 미안한 마음이 들었다.

"언니! 우리 사람 구경하러 갈까?"

사람 구경. 유독 시간이 느리게 가는 병원에서 진아 언니랑 종종 하던 놀이였다.

"나 힘없어."

"내가 휠체어 밀어 줄게"

진아 언니를 병실에서 탈출시켜 주고 싶었다.

"네가 무슨 힘이 있어서…… 됐어."

"우리 오랜만에 지나가는 사람들 평가해야지. 응, 응?"

"그럼, 그럴까?"

진아 언니가 마스크를 하고 외출복을 챙겨 입는 동안 창문을 닫고 복도에서 휠체어를 가져왔다. 잠깐 나갔다 오겠다고 엄마에게 문자를 보내는 사이 진아 언니가 휠체어에 앉았다.

고장 났나?

손잡이를 잡고 밀었는데 휠체어가 살짝 흔들리기만 할 뿐 쉽게 나아가지 않았다.

"왜?"

진아 언니가 무슨 일인가 고개를 돌렸다.

"아, 아니. 뭐 빠뜨린 거 있나 생각했어."

혹시 언니가 눈치챌까 다시 발에 힘을 주고 두 손으로 힘껏 밀자 그제야 휠체어가 굴렀다. 휠체어 미는 게 이렇게 힘든 줄 몰랐다. 바퀴가 있으니 쉽게 굴러갈 줄 알았다. 1층에서 밖으로 난 비탈길을 내려갈 때는 휠체어가 앞으로 쏟아질까 봐 너무 힘을 준 나머지 팔이 부들부들 떨리기까지 했다.

가벼운 언니도 이렇게 힘든데…….

엄마는 내가 탄 휠체어를 밀 때 한 번도 힘든 내색을 하지 않았다.

"날씨 좋다. 오늘은 너랑 산책 나왔으니까 맑은 날씨 용서하겠어."

등나무 의자 앞쪽으로 휠체어를 세우고 의자에 앉았다. 바람이 시원하게 불었다.

"언니, 오늘 인심 후한데!"

"내가 좀 너그럽지. 꽃향기 좋다. 방향제 꽃향기는 같은 꽃냄새인데도 역겹잖아."

진아 언니가 마스크를 벗고 공기를 들이마셨다. 맞다. 방향제 꽃향기보다는 차라리 아무 향도 나지 않는 게 훨씬 낫다.

"서현이 오랜만이네."

암 병동에서도 친절하기로 유명한 간호사 선생님이었다. 종양 수술이 있던 날, 잘될 거라며 침대에 누워 수술실로 이동하는 내 손을 꼭 잡아 준 간호사 선생님이기도 했다.

"서현이 얼굴 작아졌네. 진아는 마스크 꼭 하고 너무 오래 있지 말고 들어와."

같은 말이라도 사람을 기분 좋게 하는 능력까지 있는 것 같다.

"네."

진아 언니와 내가 동시에 대답했다. 간호사 선생님이 손을 흔들며 건물 안으로 들어갔다. 문득, 간호사 선생님이 내 손을 잡아 주던 느낌이 떠올랐다. 낯선 사람에게서 처음으로 마음의 위로를 받았던 따뜻함이었다. 그 따뜻함을 또 한 번 느끼게 해 준 사람은 진아 언니였다.

아직도 진아 언니를 처음 만난 날이 생생하게 떠오른다. 그날은 수술이 끝나고 항암 치료를 시작한 첫날이었다.

"아, 아, 안녕."

병실로 들어설 때부터 날 흘끔흘끔 훔쳐보던 진아 언니가 먼저 인사를 건네 왔다. 얼마나 부끄러워했는지 고개 숙인 얼굴이 목까지 새빨갛게 변했고, 말도 더듬었다. 언니의 그 모습이 왠지 어수룩한 아이처럼 느껴지면서 병원에서 낯선 사람에게 보였던 경계심을 스르륵 사라지게 했다.

나랑 친해지려고 내 주위를 빙빙 돌며 자꾸 신경 쓰이게 하는 언니가 귀찮을 때도 있었다. 그때 나는 진단과 수술, 항암 치료까지 너무나 빠르게 진행되는 일들로 지쳐가고 있었고, 나를 찾아오는 사람들이 많았기 때문에 진아 언니의 마음을 알 수가 없었다. 사람들 사이에서 금방 잊힌다는 것이 어떤 기분인지 말이다.

진아 언니의 그 마음을 이해하게 되면서 우리는 자연스레 친해졌다. 되도록 항암 치료일도 맞췄다. 지겨운 병원에서 진아 언니를 만난 건 행운이었다. 그건 우리 엄마한테도 마찬가지였다. 진아 언니 엄마가 있었으니 말이다. 같은 고민을 이야기할 수 있는 상대가 있다는 건 정말 큰 힘이었다.

지이이잉.

"엄마 문자. 올라오래."

진아 언니랑 더 있고 싶은 마음도 있지만 빨리 병원을 벗어나고도 싶었다. 또 미안해진다. 먼저 치료를 끝낸 아이들이 병실을 나가면 얼마나 부럽고 슬픈지 그 마음을 알기 때문이다. 어쩌면 진아 언니도 내가 좋으면서 한편으로 밉기도 할 것이다.

"언니 치료 끝나면 우리 좋은 데 놀러 가자."

"……좋은 데 어디?"

"그냥 좋은 데."

딱히 갈 만한 곳이 떠오르지는 않았지만 아프지 않다면 어디든 갈 수 있을 것이다.

"그럴 수 있을지 모르겠다."

살랑 부는 봄바람에 나뭇가지에 힘없이 달려 있던 꽃잎이 진아 언니의 무릎 담요 위로 떨어졌다. 떨어진 꽃잎을 주워 든 진아 언니가 힘없이 대답했다.

"무슨 소리? 당연히 그래야지. 내년 꽃놀이는 어때?"

"아줌마처럼 꽃놀이가 뭐냐?"

진아 언니가 피식 웃었다.

"그런가? 그럼 올가을 단풍 구경은 어때?"

"단풍 구경도 아줌마 같지만, 좋아!"

대답은 흔쾌하게 했지만 웃는 언니의 눈가가 촉촉했다. 쓸쓸한 진아 언니의 표정에 뭐라 대꾸할 말이 떠오르지 않았다. 다시 끙끙대며 휠체어를 밀고 병실로 올라갔다. 진아 언니에게 호들갑을 떨며 인사하고 나왔지만 마음이 무겁다.

패배자

5월의 아침이라 그다지 덥지도 않은데 언덕을 올라가는 내
내 온몸에 열이 훅훅 올라왔다. 이놈의 가발 때문이었다. 가
발 안쪽으로 땀이 차서 가렵고 가발을 고정하는 머리띠 때문
에 관자놀이가 아팠다. 학교에서는 머리가 가려워도 긁을 수
없으니 더 괴로웠다. 보는 눈만 없다면 정말 벗어던지고 싶었
다.

머리카락이 이렇게 더디게 자라는 줄 몰랐다. 예전에는 두
달만 내버려 둬도 머리카락이 덥수룩하게 자랐는데 뿌리까지
빠진 머리카락은 좀처럼 자라지 않았다. 의사 선생님은 그나
마 내가 머리숱이 많아서 걱정하지 않아도 된다고 했다. 확실
히 예전보다 머리숱이 줄었고, 눈썹 숱은 눈에 띄게 줄었다.

처음에는 다시 날까 싶은 의문마저 들 정도였다.

휴우. 교실 앞까지 올라오니 기운이 쏙 빠졌다. 여름에는 얼마나 힘들지 벌써 걱정스럽다. 잠시 숨을 고르고 거울을 들여다봤다. 물티슈로 땀을 닦고 눈썹이 땀에 지워지지 않았는지 확인하고는 교실로 들어갔다.

월요일.

담임이 만든 자리표대로 앉는다면 오늘은 새로운 짝을 만나게 되어 있다. 하지만 한 학기의 반이 지나도록 내 짝은 언제나 선주였다. 2주에 한 번씩 짝이 바뀔 때마다 아이들은 자리를 바꿔달라고 부탁했다. 이게 반 아이들과 나누는 유일한 대화였다. 딱히 거절하기도 그렇고, 그러다 보니 자리만 바뀌지 짝은 바뀌지 않았다. 언제부터인지 자리가 바뀌는 날이면 자리표를 확인하지도 않고 자연스레 선주 옆에 앉았다.

담임도 선주랑 내가 불편하다고 생각하는지 내버려 뒀다. 더구나 담임은 언제나 나한테는 지나치게 너그러웠다. 그건 반 아이들도 마찬가지였다. 아이들은 나를 배려한답시고 힘든 일이나 청소에서 빼주고는 했다. 동정을 받는 것 같아 기분이 썩 좋지는 않지만 먼지를 마시며 청소하지 않아도 되니 거절할 이유도 없었다.

자리에 앉아 주위를 둘러봤다. 평소의 어수선한 분위기와 다르게 차분히 앉아 공부하는 아이들이 많이 보였다. 선주도 문제집을 풀고 있었다. 확실히 시험이 코앞에 닥치긴 한 모양이다.

분명 시험 정리를 해 줬을 텐데…….

내일부터 중간고사다. 지난주 금요일에 병원 가는 바람에 시험 전 마지막 국사 수업이랑 영어 수업을 듣지 못했다. 가뜩이나 시험이 부담스러운데 걱정이었다. 불안한 마음에 내일 시험 과목인 수학 문제집을 꺼냈다.

문제를 푸는데 흘끔흘끔 쳐다보는 선주의 시선이 느껴졌다. 다른 사람이 나를 흘끔흘끔 쳐다보면 기분 나쁘지만 선주만은 예외다. 게다가 나도 가끔 선주를 탐색하니 기분 나쁘다고 생각할 수도 없었다. 그래도 오늘은 유독 선주가 나를 많이 곁눈질했다. 그러니 나도 더욱더 선주가 신경 쓰였다. 고개는 책을 보고 있지만 눈은 자꾸 책상 속 서랍을 만지작거리는 선주를 보게 된다. 선주 손이 무언가 결심한 것처럼 책상 속 서랍에서 불쑥 나왔다. 내가 보고 있었다는 걸 선주가 알아챌까 봐 얼른 시선을 돌렸다. 선주의 손이 내 책상 위에 종이를 올려놓았다.

"뭐, 뭔데?"

뜻밖의 상황에 말을 더듬었다.

"국사랑 영어 시험 정리해 준 거."

선주 얼굴이 살짝 붉게 변했다. 선주도 부끄러움을 타는 줄 몰랐다. 선주가 준 A4용지에는 수업 내용이 워드로 깔끔하게 정리되어 있었다.

"고마워. 잘 볼게."

얼굴 보기가 부끄러워 A4용지만 뚫어지게 쳐다보며 말했다.

다시 수학 문제를 풀려는데 마음속에서 고마움이 느껴졌다. 그러고 보니 어느 순간부터 선주한테서 담배 냄새도 나지 않았다. 선주가 담배를 끊은 건지 아니면 내가 선주 냄새에 적응한 건지 잘 모르겠다.

시험 전 마지막 수업이 끝나고 담임이 들어와 시험공부 하라며 짧게 종례를 하고 나갔다. 시험 볼 과목 교과서를 챙기고 가방을 멨다. 집에 갈 준비를 완벽하게 마쳤다.

"선주야, 시험 잘 봐."

종일 망설인 말을 겨우 입에서 떼고는 뛰어나오다 싶게 교실에서 나왔다. 앞만 보고 교문을 향해 걸어가다 으이그, 탄성이 흘러나왔다. 시험 잘 보라는 말이 고백의 말도 아닌데 도망치다시피 나온 게 민망해져 얼굴이 화끈거렸다.

창피해서 선주를 어찌 마주할지 고민할 여력도 없을 만큼 정신없이 중간고사를 치르고 또 한 주가 시작됐다. 여전히 선주랑 짝을 하지만 일상적인 대화만 나눴다. 시험 전 일로 좀 더 가까워질까 기대도 해 봤지만 바라던 대로 되지는 않았다.

선주도 외로워 친구가 필요할지 모른다는 생각도 했지만 생각뿐이다. 선뜻 다가가지 못하고 그저 서로 거리를 두고 관찰하고 있었다. 어쩌면 잘된 일이다. 이제야 학교에서 친구 없이 보내는 시간에 익숙해져 가고 있었다. 게다가 혼자여서 느낄 수 있는 편안함도 알게 됐다. 그중에서도 특히 체육 시간은 나에게 더없이 편한 휴식 시간이었다.

드르륵.

문 열리는 소리에 교실 안이 조용해졌다. 담임이 손에 종이 한 뭉텅이를 들고 들어왔다. 임시 성적표다. 아침에 학교에 오니 오늘쯤 임시 성적표가 나올 거라며 아이들이 떠들어 대고 있었다.

"본인 실수인지 먼저 살펴보고 혹시 점수가 이상하다고 생각하는 사람은 과목 선생님께 확인해 보도록 해."

담임이 번호대로 임시 성적표를 나눠 줬다.

"으악, 이게 뭐야, 죽어 버릴까 봐."

"아, 나도 죽고 싶다."

내 앞에 앉은 아이들. 반에서도 제법 공부한다는 아이들이다. 둘 다 죽겠다는 말을 쉽게 내뱉었다. 물론 그냥 하는 말이겠지만.

이 아이들뿐 아니다. 나도 그렇고 모든 사람이 죽겠다는 말을 쉽게 한다. 더워 죽고, 추워 죽고, 웃겨 죽고, 돈 없어 죽고, 돈 아까워 죽고, 짜증 나 죽고, 배고파 죽고, 배불러 죽고, 힘들어 죽고…… 하루에도 수십 번 죽는다. 정말 죽을 마음도 아니면서 죽겠다는 소리를 입에 달고 산다.

말처럼 쉽게 죽으면 죽음이 두렵지 않을까? 아니면 자칫 말실수라도 해서 죽을까 봐 전전긍긍 더 두려워하며 지내게 될까? 진짜 말처럼 죽는다면 세상에 살아남을 사람이 몇이나 있을까?

풋. 웃음이 났다.

아마 말처럼 죽는다면 인류는 벌써 멸종됐겠지.

"이서현."

드디어 내 차례다.

둥둥둥둥둥.

교탁까지 가는 그 짧은 시간 동안 가슴이 심하게 두근거렸다. 하지만 성적표를 보는 순간 내 심장의 두근거림은 멈춰 버렸다.

열심히 한다고 했는데…….

피곤하면 안 된다고 걱정하는 엄마 잔소리도 무시하고 잠도 줄여가면서 공부했는데 이렇게 형편없을 줄 몰랐다. 그래도 최소한 예전이랑 비슷할 줄 알았다. 내심 병도 잘 이겨 내고 복학해서 공부도 잘한다는 소리를 듣고 싶었다. 하지만 냉정하게 생각해 보면 당연한 결과다. 수학 문제 하나를 풀려고 해도 예전에 배웠던 공식이 생각나지 않아 다시 찾아봐야 했다. 그러니 남들보다 공부를 몇 배로 더 열심히 해도 좋은 성적이 나올까 말까인데 시험 기간 동안 벼락치기 공부를 한들 성적이 잘 나올 리가 없었다. 바보처럼 좋은 성적을 기대한 내가 한심했다.

선주가 성적표에서 눈을 떼지도 않은 채 자리에 앉았다. 표정을 보니 선주도 만족할 만한 성적은 아닌 것 같았다.

학교로 돌아온 나는 공부도 못하고 운동도 못하고 마음을 터놓을 친구도 없다. 어느 정도 예상했던 일이었지만 생각보다 1년이라는 시간을 따라잡기 어려웠다.

1년 동안 난 뭘 했지? 그때 난 수술과 방사선 치료 그리고 이어진 여섯 번의 항암 치료에 지쳐 모든 의욕을 잃었다. 종일 잠만 자고 누워만 있었다. 주치의 선생님은 그러다 욕창 생기겠다며 볼 적마다 날 놀리곤 했다. 그럼 누워서는 뭘 했지? 떠오르지 않는다. 하루하루가 지루하고 긴 시간이었는데 그 시간에 한 일이 아무것도 없다. 그때 누워서 영어 단어라도 외울 것을.

아픈 동안에 병원학교*에도 다니지 않았다. 사이버 화상강의 시스템**도 중학교 2학년 과정만 간신히 마치고 3학년과정은 시작하다 말았다. 귀찮고 아프다는 핑계로 말이다. 그런 내가 치료받으면서 병원학교나 화상강의 시스템으로 중학교

과정을 마치고 고등학교에 입학했더라도 친구들을 따라잡기는 힘들었을 거다. 그래도 그때 중학교 과정을 마쳤다면 공부는 못했을지 몰라도 지금 친구들과 함께 고등학교에 다니고 있었을 것이다.

성적표를 꾸겨 교복 치마 주머니 속에 넣었다. 생각하면 할수록 나라는 인간은 한심했다. 뭐 하나 시원하게 잘하는 게 없다. 늘 후회만 하고 있다. 친구들은 저만치 나가는데 나는 나아가지도 못하고 점점 뒤처지고 있다. 아픈 후로 좋은 일이라고는 하나도 없는 날들이 지겹고 지친다.

---

*병원학교 : 병원 내에 설치된 파견 학급 형태의 학교이다. 장기 입원이나 통원 치료로 인해 학교 교육을 받을 수 없는 학생들을 위해 운영한다.
**사이버 화상강의 시스템 : 장기 입원이나 통원 치료로 학교 교육을 받을 수 없는 학생들이 가정이나 병원에서 인터넷을 이용한 화상강의를 들음으로써 학습 지체 및 유급 문제를 해소할 수 있도록 만든 교육청의 지원 체계이다.

- 6 -
나는 중학생, 너희는 고등학생

오랜만의 나들이라 마음이 들떴다. 카톡을 열기 전까지는 그랬다. 방학이라 아무리 시간이 남아돌았어도 지연이 친구들의 카카오 스토리는 보지 말았어야 했다.

카카오 스토리에 올려 있는 사진이 내 머릿속과 마음속을 휘저어 놓았다. 그럴 수도 있지 뭐, 그렇게 넘겨보려고도 했고 마음속으로 수백 번 이해해 보려고도 했지만 소용없었다. 뒤죽박죽 엉켜 버린 감정들로 가슴 속이 답답할 뿐이었다.

어떻게 그럴 수 있지?

기말고사 때문에 시간 내기가 어렵다고 말해 놓고 자기들끼리 놀러 갔다. 그것도 그 놀이공원에……. 기억조차 하기 싫어 억지로 묻어 두었던 그날 일이 사진을 본 후부터 자꾸 떠올랐다. 그날은 2학기 중간고사 마지막 날이었다. 마지막 시험이 끝나자마자 친구들과 놀이공원으로 향했고 쉬지 않고 놀이 기구를 타며 놀았다. 아마존 익스프레스를 두 번째 타려고 막 줄을 섰을 때였다. 왼쪽 팔과 다리가 저렸다. 가끔 있는 일이라 대수롭지 않게 여겼고 줄이 줄어들 때마다 앞으로 움직이며 수다를 떨었다. 드디어 우리가 탈 차례가 되어 대기선 안으로 들어가려는데 왼쪽 다리가 스르르 풀리는 느낌이 들었다.

"이서현, 왜 그래?"

"야, 얼른 들어와."

친구들이 의아한 표정으로 대기선 안으로 들어오라고 재촉했고, 줄을 선 사람들은 비키지 않는 나를 짜증 섞인 표정으로 바라보고 있었다.

"이상해."

"이상하다니, 무슨 소리야?"

소영이가 답답한 듯 대기선 밖으로 나왔다.

"다, 다리가 움직이질 않아."

버티고 서 있을 힘도 없었다. 놀란 친구들은 그 자리에 스르륵 주저앉는 나를 일으켜 세웠고, 사람들은 웅성거리며 그 모습을 지켜봤다.

친구들이 나를 부축해 근처 의자에 앉혔다. 소영이와 지연이가 다리를 주무르고 나를 일으켜 걸어 보라고 했지만 다리가 움직이지 않았다. 종종 감기에 걸리고 가끔 머리가 아프고 왼쪽 팔과 다리가 저리긴 했지만 마비가 온 적은 없었다. 내 몸이 내 마음대로 움직이지 않는 믿을 수 없는 상황에 우리 모두 당황했다. 급하게 아빠를 불러 병원 응급실로 갔다. 병원 응급실에 가면서도 암일 거라는 생각은 하지 못했다.

모든 고통의 시작인 그 장소에 가다니! 나를 친구로 생각한다면 그럴 수는 없다.

소영이와 지연이를 만나고 있어도 웃음이 나오지 않았고 눈도 마주치기 싫었다. 함께 있는 내내 속 좁게 이러지 말자, 내가 아프다고 내 친구들까지 나처럼 살 수는 없다, 마음을 잡아 보려고 노력했다. 그런데도 대화에 끼어들기 싫었고 대꾸는커녕 빈정대는 말만 나왔다. 그토록 보고 싶었던 영화 시리즈를 봤는데도 어느 장면 하나 제대로 기억나지 않았다.

"영화 재밌지? 서현! 우리 뭐 먹을까?"

영화관 계단을 걸어 내려오면서 지연이가 물었다.

"아무거나."

기분처럼 아무렇게나 말이 나왔다.

"아무거나 하지 말고 너 먹고 싶은 거 말해. 너 못 먹는 것도 많고 싫은 것도 많잖아."

소영이가 사람들로 북적대는 영화관 로비 중앙에 멈춰 섰다.

"뭐?"

나에게 언짢은 표정을 지을 게 뭐람?

"왜 그래? 오랜만에 만나서. 너 기분 안 좋은 일 있지?"

지연이가 웃으며 우리 사이에 끼어들었다.

"없어."

치사하게 놀이공원 일을 따지고 싶지 않았다.

"그런데 왜 그래?"

소영이 미간에 살짝 주름이 생겼다. 소영이 이마에 주름이 잡혔다는 건 못마땅한 일이 있다는 표시다.

"내가 뭘?"

유치한 짓은 그만하고 이번에는 웃으면서 말하려 했지만 또 볼멘소리가 나갔다.

"그럼 도대체 왜 그러는데? 우리 얘기 좀 하자."

좀처럼 화내는 일 없는 소영이 목소리가 높아졌다.

"아무렇지도 않은데 자꾸 왜 그러냐고 물으니까 짜증이 나서 그래."

나도 안다. 계속 기분 나쁘게 말하고 행동하고 있다는 걸 말이다. 그런데 지금 내 마음 속에 있는 말들을 다 쏟아 버리면 다시는 소영이, 지연이 얼굴을 볼 수 없을 것 같았다.

"내가 널 몰라? 지금 기분 나쁘잖아. 그래서 만날 때부터 지금까지 계속 인상 쓰고 있잖아. 얼마나 신경 쓰이는 줄 알아?"

"그러는 너희는……."

지금 참으면 문제가 더 커지지 않겠지. 폭발하면 감당할 수 없을 것 같아 말을 멈췄다.

"하고 싶은 말 있으면 해. 그렇게 비비 꼬여서 꽁하고 있으면 옆에 있는 사람이 얼마나 답답한 줄 알아?"

"그래. 하고 싶은 말 있으면 해. 뭐가 기분 나쁜지 알아야 해결을 하지."

여태껏 우리 둘 사이에서 난처한 듯 듣고만 있던 지연이까지 나를 몰아세웠다.

"내가 꼬였다고?"

소영이한테 이런 말을 들을 줄 상상도 못했다.

"그래. 너 눈치 보는 거 얼마나 힘든 줄 알아?"

"너희가 내 눈치를 봐? 진짜 웃긴다."

나를 속이고 몰래 놀고 싶은 거 다 놀면서 내 눈치를 본다니 기가 막혔다.

"요즘 완전 너 마음대로인 거 알아? 너 아파서 힘들었다는 건 알겠는데 그렇다고 그러는 거 아니야. 병 나은 지가 언젠데 볼 적마다 삐치고, 너 보는 거 요즘 부담스러워. 알아?"

바빠서가 아니라 날 피하는 거였다.

"허, 너희가 날 그렇게 생각하는 줄 몰랐네."

한순간에 몸에서 기운이 쏙 빠지고, 눈물이 주르르 흘렀다. 소영이와 지연이가 나에 대해 이렇게 생각하고 있는 줄 몰랐다. 정말이지 믿을 수가 없었다.

"내가 왜 살았는지 모르겠다."

내 힘없는 목소리가 사람들 웅성거림에 묻혔다. 더는 어떤 말도 듣고 싶지 않았다. 지연이가 부르는 소리가 희미하게 들리는 것도 같았지만 영화관을 곧장 나와 앞만 보고 버스 정류장까지 걸었다.

절대 돌아보지 않으리라!

빨리 버스를 타고 여기를 벗어나야 하는데 집에 가는 버스가 오지 않았다. 자꾸 돌아보고 싶어졌다. 소영이, 지연이가 내가 걱정되고 미안해서 따라왔을지도 모른다. 버스가 오나 뒤돌아보는 거라고 날 속이며 결국 뒤를 돌아봤다. 따라왔을 거라는 기대를 한 내가 한없이 우스웠다.

– 아직도 화났어? 화 풀어라~~

또 지연이 문자였다.

소영이, 지연이와 다시 연락하지 않겠다고 다짐하고 카톡까지 삭제했다. 그런데 자꾸 지연이한테 문자가 왔다. 답문자를 보낼까 말까 고민이 됐다. 사실 지연이보다 소영이한테 더 화가 났다. 냉정하게 말을 쏟아 내던 소영이. 그러고도 일주일 넘게 문자도 없는 소영이가 괘씸하기까지 했다.

그보다 더 화가 난 건 나 때문이었다. 왜 그 자리에서 꼴사납게 울었는지…… 집에 와서 생각하니 한심하기 그지없었다. 당당하게 따지지 못하고 바보처럼 울었다. 나만 속 좁게 화내고 토라져 나온 꼴이었다. 침대에서 벌떡 일어나 컴퓨터를 켜고 보낸 편지함을 열었다.

뭐라고 시작해야 할지 모르겠다.
너희가 날 그렇게 생각하는 줄 꿈에도 몰랐어.
난 그것도 모르고…….
내가 얼마나 한심해 보였니?
그렇게 나한테 불만이 많았으면 진작 말해 주지 그랬니?
어쨌든 그날 그렇게 가 버린 건 내가 미안하게 생각해.
잘 지내라.

이틀 전 어떻게든 정리하고 싶어 메일을 보냈다. 말로 하면 자꾸 꼬이니까 차분하게 글로 쓸 생각이었다. 하지만 메일도 좋은 말이 안 나오긴 마찬가지였다. 화나지 않은 척하려고 몇 번을 쓰다 지우고 놀이동산 얘기를 넣을까 말까 고민하고 메일을 다 쓰고도 보내는 게 잘하는 일일까 몇 번을 되물은 다음 보낸 메일이었다.

메일을 보낼 때는 자기들이 미안하다 생각하면 나한테 연락할 테고 연락하지 않는다면 나도 안 보면 그만이라 생각했다. 어떻게든 결론이 나길 바랐다. 애들과 그렇게 헤어지고 난 후로 아무 일도 손에 잡히지 않았고 영화관에서 오갔던 말들과 표정들이 머릿속에 계속 빙빙 돌아 나를 괴롭혔다. 더는 이 일에 매달려 괴로워하고 싶지 않았다.

받은 편지함을 열었다. 쓸데없는 광고 메일뿐이었다. 혹시나 싶어 스팸 메일 보관함까지 확인했지만 소영이, 지연이 편지는 없었다. 결판을 내고 싶어 보냈는데 보낸 뒤로 오히려 속만 더 탔다.

읽기는 했을까?

수신 확인란을 클릭했다. 둘 다 열어 보지도 않았다. 일부러 보지 않은 건지 못 본 건지 알 수가 없어 보낸 메일을 취소하기도 망설여졌다. 이러지도 저러지도 못했다.

에이, 모르겠다.

결국 삭제하지 않고 컴퓨터를 껐다. 생각을 많이 했더니 머릿속이 복잡했다. 즐겨 보는 오락 프로그램이나 볼 생각에 방에서 나왔다.

"또 종일 집에만 있었지?"

언니가 막 학원에 갔다 왔는지 현관에서 신발을 벗었다.

"알면서 뭘 물어봐."

방학이라고 집에만 있기는 언니도 마찬가지였다. 영어학원 빼고는 어디 가는 걸 못 봤다. 대학생이 되면 방학이 뭔가 다를 줄 알았는데 언니를 보면 별반 다를 것도 없어 보였다.

"아직도 애들이랑 연락 안 해?"

아직도? 무슨 의미지?

"걔들 바빠."

"바쁘긴. 네가 삐친 거겠지? 사람이 얼굴을 봐야 화해도 하고 그러는 거야. 봐, 너랑 나랑 만날 싸워도 얼굴 보니까 오래 못 가잖아?"

"무슨 소리야?"

소파에서 일어나 방으로 들어가는 언니 앞을 막아섰다.

"너, 애들한테 화내고 갔다며?"

"뭐? 누가 그래?"

바보가 된 느낌.

"왜 그래? 며칠 전에 길에서 소영이 만났어."

당황한 기색이 역력한 언니.

"언제 알았어?"

나만 모르고 있었다. 그동안 소영이, 지연이, 언니까지 날 가지고 놀았다. 나도 모르게 손에 들고 있던 리모컨을 언니에게 던졌다. 리모컨 안에 있던 건전지 두 개가 마룻바닥으로 뛰어나왔다.

"너 뭐하는 거야?"

놀란 언니가 바르르 떨었다.

"나 건들지 마."

나도 나를 제어할 수가 없었다. 손가락으로 톡 치기만 해도 터질 것 같았다.

"너 진짜 심각하다. 애들 말 이해가 된다. 크게 아프고 나면 너 같은 사람 많다고 하던데 정신과 상담 한번 받아 보는 게 어때?"

"그래. 나 미쳤어."

"내가 너 미쳤대? 상담을 받아 보라고 했지. 아플 때는 안 그러더니 다 나아서 자꾸 안 하던 짓 하니까 그러는 거잖아?"

"그러니까 왜 건드려서 날 미치게 하냐고?"

마음속 원망과 배신감으로 점점 목소리가 커졌다.

"너 하는 행동을 봐. 어떻게 가만히 보고만 있을 수 있어?"

"나 좀 내버려 둬. 나도 내가 요즘 이상한 거 알아. 내가 변한 것도 있지만 엄마, 아빠, 언니가 날 이렇게 만든 것도 있어."

가슴에 담았던 말이 봇물처럼 터져 나왔다.

"허, 우리가 뭘?"

언니도 화가 나기 시작했는지 가쁜 숨을 쉬었다.

"아픈 거 내 잘못 아니잖아? 근데 자꾸 왜 내가 이런 병에 걸렸지? 내가 뭘 잘못했나? 자꾸 지난 일 들춰 보고 떠올리고 나도 미치겠어. 언니가 병 걸려 봤어? 나처럼 아파 보지도 않았으면서 나한테 변했다, 이상하다 하지 마! 알았어?"

"너만 힘들어? 우리도 힘들어. 나 고3 때 엄마, 아빠, 너 눈치 보느라 얼마나 힘들었는지 알아? 그래도 네가 더 힘들겠지 그런 생각으로 참았어. 어떤 고3이 나처럼 혼자 밥 챙겨 먹고 알아서 다녔겠어? 너만 피해자인 것처럼 말하지 마. 너만 힘들고 억울하다고 말하지도 말고. 너 때문에 아빠, 엄마가 얼마나 고생했는지 알아? 아빠는 머리 하얗게 세고 엄마는 다니던 회사도 그만두고 위궤양까지 생겼어. 다른 사람은 안 보이고 니 눈엔 너만 보이지? 예전에도 이기적이었지만 지금은 더해. 세상에 너만 있어? 어? 어?"

어느새 얼굴이 눈물범벅이 된 언니도 말을 쏟아 부었다.

"서린이. 너 그만 못해. 아픈 동생한테 왜 그래."

시장 갔다 온 엄마가 장바구니를 내팽개치고 언니를 말렸다.

"내가 우리 집 완전히 망쳤네. 나만 나가 주면 행복하겠네."

거실 탁자에 놓아두었던 모자를 집어 들었다.

"허, 어이가 없어서. 엄마 재 말하는 거 봐. 우리가 누구 때문에 그 고생을 했는데?"

"그래? 나가서 죽어 버리면 더 좋겠네."

내 말에 넋이 나간 엄마와 언니를 두고 일부러 크게 현관문을 닫았다. 엘리베이터 앞에서 내려가는 버튼을 계속 눌렀다. 빨리 여기에서 나가고 싶었다.

"서현아! 이 저녁에 어디 가려고?"

엄마가 닫히려는 엘리베이터 문을 잡았다.

"나 좀 내버려 두라고!"

얼마나 크게 소리를 질렀는지 목소리가 갈라지고 가슴이 아팠다. 엄마 손에서 힘이 빠지는 게 보였다. 문이 닫혔다.

가족 모두 나 때문에 고생했다는 거 너무나도 잘 알고 있다. 병원에 있는 동안 내 앞에서 웃고 있었지만 언제나 가족들은 힘들어 보였고, 엄마와 아빠는 내 병을 빨리 발견 못했다고 늘 미안해했다. 표현할 수 없을 정도로 고마웠다. 그런데도 생각과 다르게 투정 부리고 화를 낸다. 머리와 마음이 따로 논다. 나도 영화나 드라마 주인공처럼 병을 툭툭 털어내고 새 삶을 얻은 걸 감사하며 더 활기차고 당당하게 살고 싶은데 자꾸 주눅이 들고 자신감이 없어진다.

"후우."

미친 사람처럼 울면서 온 동네를 걸었다. 걷다 보니 버스로 다섯 정거장이나 떨어진 병원 앞 전철역까지 와 버렸다.
성질은 있는 대로 내고 나왔는데 갈 곳이 없었다. 게다가 무
작정 걸을 때는 몰랐는데 잠시 멈춰 서니 목이 너무 탔다. 뭐
라도 마시고 싶은 마음에 편의점 앞에 서서 주머니를 뒤졌지
만 역시나 돈은 없었다.

퉤.

아쉬운 채로 편의점을 지나 골목으로 들어서려는데 내 쪽
으로 가래침이 날아왔다. 내가 원래 더럽게 운이 없다.

"아이, 씨!"

반사적으로 피했지만 신발 바로 옆에 떨어진 가래침을 보
니 짜증이 확 솟구쳤다. 침이 날아온 곳으로 고개를 돌리니
고등학생으로 보이는 네 명의 여자애들이 나를 보고 있었다.
하나같이 눈을 치켜뜨며 어이없다는 표정을 하고 있었다.

"야, 너 방금 뭐라고 했어?"

어깨까지 흘러내리는 밝은 갈색 웨이브 머리가 사과는커녕
되려 따졌다.

"아이, 씨, 그랬다 왜?"

진짜 어이가 없는 건 나였다.

"야, 너 이리와."

"네가 오던가."

이 상황에서 시비가 붙어 봤자 좋을 게 하나도 없다는 것은

안다. 하지만 이런 거지같은 애들한테까지 무릎 꿇고 싶지는 않았다. 갈색 웨이브와 갈색 웨이브의 배경 셋이 가소롭다는 듯 비웃었다.

"이게, 죽고 싶나?"

말이 끝나기가 무섭게 갈색 웨이브가 다가와 모자챙을 툭툭 쳤다.

"그래. 죽고 싶다."

죽고 싶다고 말하며 갈색 웨이브를 쏘아 보고 있는 내가 나인지 나도 알 수가 없다. 다만, 지고 싶지 않았다.

"죽긴 뭘 죽어."

갈색 웨이브와 나 사이를 선주가 가로막고 섰다. 그러고는 내 손을 슬그머니 잡았다.

"넌 또 뭐야?"

갈색 웨이브가 황당한 표정을 지었고, 나는 생각하지도 못했던 상황에 어찌해야 할지 몰라 어리둥절해하며 선주를 바라봤다. 잠시 정적이 흘렀고, 그 정적을 깨는 한 마디에 일순간 몸이 움직였다.

"뛰어!"

선주 손을 잡고 무작정 달리고 또 달렸다.

"선주야, 허, 헉, 더 못 달리겠어, 헉, 헉."

숨이 차서 가슴이 찌릿찌릿했고 다리는 힘이 풀려 후들후

들 떨렸다. 더는 뛸 수가 없어서 앞서 뛰고 있던 선주 손을 놓고는 숨을 몰아쉬었다. 멈춰 선 선주 역시 두 손으로 무릎을 잡고 서서 거칠게 숨을 내쉬었다.

후-. 후유. 후-. 후유. 후-.

선주와 내가 번갈아 가며 내쉬는 숨소리가 박자를 맞추어 소리를 냈다.

"풋."

"하하하."

"하하하하하하."

눈물이 날 정도로 한참을 웃었다.

"안녕!"

새삼스레 선주가 인사를 건넸다.

"어, 안녕!"

"근데 너 겁도 없더라. 1대 4라니?"

이렇게 밝은 선주의 표정은 본 적이 없었다.

"그게……."

꼬르륵.

어떤 말을 해야 할지 고민하는데 배가 먼저 소리를 냈다.

선주가 들었을까?

저녁 먹기 전에 나와서 여태껏 아무것도 못 먹었다. 여름 해가 졌으니 아홉 시는 넘었을 텐데 시계도, 휴대 전화도 없어 정확한 시간을 알 수가 없었다.

"나 저녁 못 먹어서 햄버거 먹으려고 나왔는데 같이 먹을래?"

이런, 선주 귀에도 들렸나 보다.

"나…… 음, 돈 없는데."

창피해서 얼굴이 후끈거렸다. 학교 밖에서 만난 선주한테 꼬르륵 소리를 들려준 것도 모자라 돈이 없다는 소리까지 하게 될 줄 몰랐다.

"나 있어."

대답을 듣자마자 선주가 전철역으로 방향을 틀었다.

"안 들어가?"

따라오기는 했지만 한밤에 쇼하게 한 것도 미안한데 선주한테 얻어먹기까지 하면 정말 미안해질 것 같아 망설여졌다.

꼬르륵.

하지만 햄버거 냄새를 맡은 내 배는 선주에 대한 미안함이 없었다.

"나 너 때문에 뛰었더니 진짜 배고파."

선주가 날 잡아끌어 못 이기는 척 안으로 들어갔다. 금방 학원 수업이 끝났는지 가방을 멘 애들 줄이 꽤 늘어서 있었다. 줄을 선 아이들을 보더니 선주가 주문도 안 하고 2층으로 올라갔다.

"이서현! 저기 창가에 자리 있다. 나 주문하고 올 테니까 얼른 자리 맡아!"

선주가 나를 앞으로 밀었다. 좀 얼떨떨했지만 빠른 걸음으로 잽싸게 자리에 앉았다. 내가 앉자 같은 자리를 노리고 햄버거를 들고 오던 남자애 둘이 아쉬운 표정으로 돌아섰다.

아차.

자리에 앉고 보니 맞은편 유리에 모자만 달랑 쓰고 온 내 모습이 보였다. 누군가 날 알아볼까 하는 불안함에 시선이 저절로 테이블 아래로 떨어졌다.

"돈 달라고 하지 않을 테니까 고개 들고 먹어."

말은 정떨어지게 하면서 들고 먹기 편하도록 햄버거 포장지 반을 벗겨 나에게 내밀었다.

"잘 먹을게."

배고픔에 모든 것들이 묻혔고, 배가 채워질수록 편안함이 밀려왔다.

"집에 들어갈 거지?"

한 학기 동안 나눴던 대화보다 더 많은 이야기를 나누고 헤어지는데 선주가 알 수 없는 웃음을 지으며 물었다.

내가 집 나온 거 어떻게 알았지?

하긴 지금 내 꼴을 보면 답이 나오긴 했다. 돈도, 휴대 전화도 없는 데다가 얼굴은 눈물 자국으로 얼룩져 있고, 옷은

땀에 젖어 눅눅하고 냄새까지 났다. 딱 엄마한테 야단맞고 집 나온 어린애 같은 모양새다.

"너도 집에 가는 거지? 잘 가."

내 인사에 선주가 대답 대신 쓴웃음을 짓고는 손을 흔들며 갔다.

어휴. 이제는 집으로 가야 하는데 가족들 얼굴을 어찌 볼지 걱정이 밀려왔다. 선주의 시원치 않은 표정만큼이나 지금 내 마음도 복잡했다.

7

평범하게 사는 법

메일 이제야 봤어.

나 메일 확인 잘 안 해. 광고 메일만 오니까.

지연이 전화 안 받았으면 지금도 안 읽었을 거야.

너 힘들었던 거 이해해.

혼자 학교 생활하려니까 힘들다는 것도 알아.

그래서 너 더 이해해 보려고 노력했어.

그런데 갈수록 네 기분 내키는 대로 행동하는 것 같아.

사실 만날 때마다 너 눈치 보는 거 너무 힘들었어.

어린애처럼 너 기분만 생각하지 않았으면 좋겠다.

내 메일 받고 네가 더 기분 나빠지고 화가 나더라도 어쩔 수 없다는 생각으로 솔직하게 내 마음 말하는 거야.

누군가 이런 말을 해줄 사람이 있어야 한다고 생각해서.

난 정말 친구로서 걱정돼서 하는 말이야.

고쳤으면 좋겠어.

너 자신을 위해서.

건강해라.

허탈한 웃음이 나왔다. 나를 이해한다니……. 죽을 만큼 아파 보지도 않았으면서 나를 이해하고 안다고 어떻게 말할 수 있는지 모르겠다. 다른 사람의 고통을 이해한다는 말은 자기가 너그럽고 이해심이 많다고 과시하고자 상대방에게 하는 거짓말이다. 내가 그 사람과 같은 상황이 아니라면 절대 해서는 안 되는 말이다.

메일을 로그아웃하고 인터넷 연재만화를 클릭했다. 생각 없이 시간 보내기엔 인터넷 연재만화나 소설, 연예 게시판만큼 좋은 게 없다.

"동생, 뭐해?"

뭐하는지 뻔히 보면서 언니가 쓸데없는 소리를 했다.

"이서현! 너무 집에만 있다. 나갈래?"

"싫어."

"집에만 콕 박혀 있으면 답답하지 않아?"

방학해서 애들 만나고 온 뒤로 누구를 만나러 나간 적이 없었다.

"아니."

갈수록 집이 편하고, 사람들 많은 곳이 싫었다. 게다가 요즘은 나갔다가 오면 마음 불편한 일들만 생겼다.

"너 강동원 나오는 영화 보고 싶지? 내가 보여 줄게. 가자?"

지난번엔 유치한 영화라고 욕하더니 어째 좀 수상하다.

"왜 그러는데?"

며칠 전 일 때문에 미안해서?

"그냥 언니가 동생이랑 영화 좀 보려고 그러지."

안 어울리게 애교까지 떨었다. 그러니 뭔가 감춰둔 게 있는 것 같아 더 가기 싫다.

"그래. 내가 인심 썼다. 너 좋아하는 치즈 케이크도 쏜다."

이제 아예 들어와 반쯤 쪼그려 앉아서는 컴퓨터 책상 끝에 팔꿈치를 대고 얼굴을 디밀었다.

"부담스럽거든."

"언니가 동생한테 이렇게 부탁까지 해야 해?"

언니 얼굴을 손으로 지그시 밀어내고 보니 좀 과했나 싶었다.

"알았어."

엄마나 아빠한테 무슨 사주라도 받았는지 나간다고 할 때까지 계속 괴롭힐 태세다. 게다가 강동원 영화를 혼자 가서 볼 용기도 없었다.

"솔직히 별로지?"

영화관에서 나온 언니 표정에 지루함이 보였다. 언니 말대로 그저 그랬다. 병원에 있을 때 연예 프로그램에서 영화 촬영 현장을 본 뒤로 꼭 보겠다고 마음먹었던 영화였다. 개봉할 때까지 치료가 안 끝나면 어쩌나 걱정까지 했었다. 치료가 끝난 뒤 내 계획 중 하나였던 영화. 그런 영화가 요즘 내 생활만큼이나 실망스러웠다.

"치즈 케이크도 별로네."

예전에는 입에서 살살 녹았는데 지금은 버터크림을 먹는 것처럼 느끼했다. 먹지 않고 가겠다는 걸 언니가 굳이 약속을 지키겠다며 커피 전문점으로 나를 끌고 왔다.

"난 맛있는데."

언니가 포크로 케이크를 떠먹으면서 고개를 갸웃거렸다.

언니 말에 예전 그 맛이 느껴지기를 바라면서 다시 케이크를 떠먹었다. 역시 시큼한 버터크림을 먹는 느낌이다. 더 먹고 싶지 않아서 포크를 내려놓았다. 예전처럼 느껴지는 게 왜 이리도 없는지 모르겠다. 예전에 좋아했던 음식들, 연예인 그리고 사람들까지 다르게 느껴졌다.

"이제 어디 갈까?"

어딘가를 가는 게 당연하다는 듯 언니가 내 의견을 물었
다.

"집."

정말 집에 가고 싶었다. 그런데 내가 언제부터 이렇게 집
을 사랑했을까?

"오랜만에 나왔는데 벌써? 더 놀자."

오늘 하루를 꼭 다 채우고야 말겠다는 표정이다.

"싫어. 할 일도 없잖아."

"뭐가 만날 싫어? 말만 하면 싫대."

언니 말에 짜증이 섞였다.

"더워서 걸어 다니기 싫어."

아차! 또 싫다는 소리가 나왔다. 언니 얼굴이 조금 굳어졌
다.

"너 입에서 좋다는 소리 나오는 걸 못 봤다. 좋다는 말 좀
해 봐라. 사람 김새게 뭐만 하자면 싫다는 소리야. 칭찬도 여
러 번 들으면 지겨운데 싫다는 소리만 계속 들으면 너 같으면
어떻겠어?"

기분 나쁘겠지.

"안 걷고 시원한 데 가면 되는 거지?"

언니가 숨을 한 번 크게 내쉬었다. 이 정도 화가 났으면 집
에 가자는 소리가 나올 만도 한데 절대 집에 가자는 말은 안

꺼냈다. 언니가 자리에서 벌떡 일어나 나갔다.

잠시 머뭇거리다 언니를 따라 커피 전문점을 나왔다. 앞에서 걷던 언니가 택시 정류장 앞으로 가더니 대기하고 있는 택시 앞자리에 탔다. 택시가 출발할까 싶어 서둘러 뒷좌석에 앉았다.

어디 가는 거지? 모르는 사람처럼 언니와 거리를 두고 걷다가 탔더니 언니가 택시 아저씨한테 어딜 가자고 했는지 못 들었다. 그렇다고 언니한테 물어보기는 싫었다. 집으로 가지 않는다는 것만은 확실했다. 갈수록 모르는 길만 보였다. 길만 모르겠는 게 아니었다. 언니 속도 모르겠다.

언니와 한 마디 대화 없이 20분 가까이 택시 아저씨가 틀어 놓은 라디오를 듣고 있었다. 처음 들어 보는 트로트 노래들, 웃기지도 않는 청취자 사연을 읽으며 자지러지게 웃는 라디오 진행자들. 간절히 내리고 싶어질 때 택시가 양화대교라고 쓰여 있는 돌기둥 앞에 멈췄다.

양화대교? 기껏 한강 보러 온 거였어? 유치하긴! 언니는 드라마를 너무 많이 봤다.

"선유도 공원 갈 거야."

언니가 방금 본 다리 쪽을 가리켰다. 택시를 타고 온 사이에 해가 져 다리마다 불이 켜져 있었다. 그중에서도 각가지 색깔로 조명이 바뀌는 다리가 눈에 띄었다.

언니를 따라 공원을 천천히 돌았다. 언니는 몇 번 와 본 모양이었다. 조명이 비추는 벽면 분수도 예쁘고, 잔디밭 위에 세워져 있는 돌기둥 조형물도 색달랐다. 가까이 가서 보면 그냥 돌기둥인데 조명을 받으니 꼭 이 공원의 주인공처럼 보였다.

"오길 잘했지?"

대나무 숲길을 앞서 가던 언니가 뒤를 돌아봤다.

"뭐, 그냥."

솔직히 한강 주변치고는 괜찮다. 소영이가 보면 좋아할 만한 곳이다. 갑자기 소영이는 왜 생각났을까? 다시는 안 보겠다고 마음먹어 놓고는 말이다.

"여기 앉자."

언니가 강을 바라볼 수 있는 정자에 앉았다. 나도 강을 향해 앉았다. 강바람이 불어 시원했다. 서울에 이런 곳이 있는 줄 몰랐다. 아까 언니와 좋지 않았던 감정들이 스르르 사라져 버렸다.

"음, 애들이랑 연락 안 할 거야?"

흥, 이 얘길 하려고 종일 뜸을 들였구나.

"걔들 얘기하지 마. 기분 나빠."

"너 갑자기 열이 40도까지 올라서 무균 병실에 며칠 동안 입원했던 거 생각나?"

몸서리치게 싫은 기억 중 하나인데 어떻게 기억이 안 날까.

"그때 소영이가 얼마나 걱정 많이 했는지 모르지? 엄마가 그러는데 하루도 안 빼고 전화했다더라. 너랑 전화 통화 한 번만 하고 싶다고. 통화하면 덜 걱정스러울 것 같다고 말이야. 그래서 너 인공호흡기 떼자마자 엄마가 소영이랑 통화시켜 줬다더라."

그때 소영이가 걸어온 전화를 받았던 기억이 나기는 했다. 너무 지쳐 있던 터라 대강 몇 마디하고 끊었다.

"소영이 너 걱정 많이 해."

"……."

나를 걱정했던 소영이와 지금 소영이가 다른 사람처럼 느껴졌다.

"소영이가 그러는데 니가 말을 안 해서 답답하대. 왜 그런지 얘기하고 싶은데 만나면 뿌루퉁하게 앉아만 있다며? 오죽했으면 나한테 그런 얘길 하겠어?"

구시렁쟁이. 예전에는 친구들이 날 그렇게 놀리기도 했다. 하지만 요즘은 말하기가 싫었다. 내 마음을 이해해 줄 사람이 없다는 생각이 들면서 말할 필요를 못 느꼈다.

"또 말 안 한다. 말을 해야 다른 사람이 알지, 우리가 신도 아닌데 말을 안 하면 어떻게 다른 사람의 마음을 알겠니?"

"······애들이 나 몰······래 놀······이동산 갔어."

입안에 머물던 말을 꺼내고 나니 애처럼 엉엉 눈물이 터졌다. 내가 진정될 때까지 기다리던 언니가 내 어깨를 감쌌다.

"나도 처음 너 암이라고 했을 때는 너 다 나을 때까지 우리 식구 한 번도 못 웃고 네 걱정만 할 줄 알았어. 그런데 사람이 안 그렇더라. 조금 지나니까 텔레비전에서 웃긴 장면 나오면 웃고 당장 눈앞에 닥친 수능도 걱정되고."

"그, 그래도 어떻게 그 놀이동산에 갈 수 있어······? 나한테는 바쁘다고 거짓말하고."

"미안해서 그랬겠지?"

"나한테 미리 얘기했으면 조금 섭섭하다 말았을 거야. 이해했을 거야."

그 사람이 되지 않고서는 절대 이해할 수 없다고 믿는 내가 소영이, 지연이를 이해했을까?

"걔들 나 만나면 자기들끼리 학교 얘기만 해."

이제 애처럼 언니한테 고자질이다.

"애들한테는 그런 게 일상생활인 거야. 우리가 먹고 웃는 것처럼 그냥 평범한 일. 그런 일에 계속 서운해하면 안 되지 않을까? 너 아프다고 모두가 아무 일도 안 할 순 없잖아?"

고등학생인 친구들한테 고등학교 얘기를 하지 말라는 건 억지다. 너무나도 잘 알고 있다. 다만 그 당연한 일을 받아들이지 못하는 게 문제다.

"애들이랑 얘기해 봐. 너 혼자 속 태우지 말고. 얘기해야 문제가 풀리지. 응?"

턱까지 흘러내린 눈물을 닦으며 고개를 끄덕였다. 소영이, 지연이에게 당장 내 마음을 털어 놓기는 힘들겠지만 언젠가는 할 수 있었으면 하는 바람이었다.

"내가 생각해도 난 상담을 아주 잘해. 하하."

자기가 말하고도 무안했는지 언니가 혼자 웃었다.

"내 말 기분 나쁘게 듣지 마. 너 상담 한번 받아 보면 어때?"

갑자기 언니가 웃음을 멈추고 진지한 표정을 지었다.

"얼마 전에 다큐멘터리 프로그램 보니까 너처럼 치료 끝나고 힘들어하는 사람들 정말 많더라. 그 사람들 상담 받는대. 어때? 외국에서는 정신과 상담을 그냥 동네 병원 가는 것처럼 다닌다더라."

"싫어."

딱 잘라 말했지만 사실 상담을 받아 볼까 하는 고민을 안 해 본 건 아니었다. 그렇지만 정신과 상담을 받으면 내 마지막 자존심까지 버리는 것 같아 싫었다. 몸도 아팠는데 정신까지 아프다고 인정하는 것 같아서다. 어쩌면 외면하고 싶은 걸지도 모르겠다.

"배고프다. 우리 아빠한테 저녁 사 달라고 할까?"

고맙게도 언니가 더는 말하지 않았다.

"아빠 벌써 저녁 먹었을 것 같은데?"

"그래도 밥은 사 주겠지. 딸들 저녁을 굶기겠어?"

언니가 눈을 똥그랗게 뜨고 내게 동의를 구하고는 전화기를 꺼내 아빠에게 전화를 걸었다. 언니 얼굴이 밝아지는 걸 보니 얘기가 잘 되는 모양이었다.

"서현! 아빠가 회사 앞에 있는 패밀리 레스토랑으로 오래."

정자에서 일어난 언니가 좋은 기분을 주체할 수 없는지 애처럼 깡충거리며 앞서 나갔다. 하지만 내 발은 내 마음처럼 힘없이 언니를 따라갔다.

생각해 보면 사람들은 그대로인데 나만 변해가는 것 같다. 고집불통에 변덕쟁이 그리고 싸움닭이 되어 가고 있다. 조그마한 일에도 화가 나고 말이 곱게 안 나오고 그 짧은 순간들을 못 이겨 내고 폭발하고 있다. 그러고는 후회한다. 수술할 때 내 뇌에서 암세포 말고 감정을 관리하는 조직들까지 잘라낸 건 아닐까? 내가 봐도 한심스럽기 짝이 없다.

나 하나만 잘하면 모든 게 제자리로 돌아갈까?

치료가 끝났을 때 나는 내 자리로 돌아가면 희망찬 미래만 있을 줄 알았다. 하지만 돌아갈 자리를 찾을 수 없었다. 내가 제자리를 찾으려 하면 할수록 모든 것이 조금씩 어긋났다. 예전의 나로 돌아가고 싶은데 도대체 방법을 모르겠다. 오직 병을 이기는 것에만 매달렸더니 평범하게 살아가는 방법을 잊어버렸다.

8

나는 살고 싶다

집에서부터 줄곧 엄마 발꿈치를 보며 걸었다. 제사 지낼 때 나는 향냄새가 점점 짙어지고 정신없이 걷던 엄마 발이 멈춰 섰다.

105호. 서진아.

고개를 들어 보니 장례식장 전광판에 진아 언니 이름이 쓰여 있었다. 전광판에서 언니 이름을 확인하자 온몸이 부들부들 떨렸다.

그래도 진아 언니한테 마지막 인사는 해야 한다.

마음을 진정시키려고 손을 꼭 쥐고서 엄마를 따라 105호실 장례식장으로 들어갔다. 아줌마가 아무 표정 없이 한쪽 벽에 기대앉아 멍하니 앞만 보고 있었다.

"진아 엄마!"

오는 내내 눈물을 훔치던 엄마가 아줌마 손을 꼭 잡았다. 엄마는 계속 우는데 아줌마는 계속 그 자세에 그 표정이다.

앞에 놓인 국화 한 송이를 들어 언니 사진 앞에 올렸다. 긴 머리 모양을 한 사진 속의 진아 언니가 무척 낯설었다. 진아 언니는 항상 비니를 쓰고 있었다. 나는 진아 언니가 죽었다는 게 믿어지지 않았다. 사진 속 아이가 죽은 것이지 진아 언니가 죽은 게 아니라는 생각이 들었다. 언니한테 무슨 말을 해야 할지 모르겠다. 눈을 감았다. 눈을 뜰 수가 없었다. 언니 사진을 똑바로 볼 수가 없었다.

"엉엉. 진아야."

뒤를 돌아보니 교복 입은 언니들이 장례식장 입구에서부터 울면서 들어왔다. 자리에서 비켜 일어났다. 진아 언니 친구들이 국화꽃을 하나씩 들어 사진 앞에 올렸다. 이제 사진 속 진아 언니 턱이 가려질 만큼 꽃이 쌓였다.

가슴이 울컥거렸다. 진아 언니가 아플 때는 공부 핑계로 와 보지도 않았으면서 세상에서 가장 슬프게 운다. 위선자들. 내 눈엔 그저 자기 마음을 편하게 하려고 우는 것처럼 보였다. 진아 언니에 대한 미안함을 그깟 눈물로 쏟아 버리려는 그들의 위선을 도저히 보고 있을 수 없었다. 장례식장을 나왔다. 걷다 보니 병원 건물 앞이었다. 진아 언니와 내가 산책을 나오던 곳. 봄날에 산책을 나왔던 진아 언니의 모습이 희미하게 떠올랐다. 여기 이곳에서 꽃을 보며 웃고 있었다.

사진이라도 찍어둘걸.

진아 언니랑 함께 찍은 사진이 한 장도 없었다. 아픈 후로는 그 모습을 남기기 싫어서 한 번도 사진을 찍지 않았다. 후회스럽다. 우리가 함께했던 시간을 기억하게 할 사진 한 장이 없다는 게.

아픈 시간을 기억에서 지우고 싶었다. 머릿속에서 그 부분을 몽땅 잘라 내고 싶었다. 그런데 그 기억 속에는 언니가 있었다. 그 기억들에서 멀어지고 싶어 나는 진아 언니를 외면했다.

"서현아, 시간 되면 병원에 한 번 올래? 줄 게 있어."

호스피스 병동으로 옮겼다는 말을 듣고 엄마랑 진아 언니를 만나고 온 지 얼마 되지 않아 진아 언니한테서 전화가 왔다. 한 번 왔으면 하는 언니 말에 가겠다고 대답은 했지만 호스피스 병동으로 진아 언니를 다시 보러 갈 용기가 나지 않았다. 그렇게 핑계만 대며 미루고 미뤄 이제 진아 언니를 볼 수 없게 됐다. 나도 진아 언니 친구들과 다를 바 없는 사람이었다.

마음이 아픈데 날씨는 얄미울 만큼 맑았다. 진아 언니가 간 하늘은 항상 이렇게 날이 좋았으면 좋겠다. 더는 고통받지 않아도 되니 맑은 날이 진아 언니한테 어울리겠지.

언니! 하늘나라에서만큼은 언니 친구들 같은 삶을 살아.

진아 언니한테 마지막 인사를 하니 그제야 눈물이 흘렀다.

숨을 내쉴 때마다 얼굴 피부에 기분 나쁜 습기가 내려앉았다. 간신히 반쯤 눈을 떴다. 희미하게 침대 매트 모서리에 팔을 베고 잠들어 있는 엄마가 보였다. 점점 눈에 초점이 또렷해지면서 커다란 비닐 막이 보였다.

또 병원에?

가슴이 답답했다. 엄마를 깨우려고 옆으로 고개를 돌렸는데 산소마스크가 벗겨져 버렸다. 갑자기 숨이 막혀 오고 누군가가 내 몸을 침대에 묶어 놓은 것처럼 몸이 움직이지 않았다. 엄마는 여전히 옆에서 엎드려 자고 있었다.

'엄……마, 엄……마, 엄…….'

말이 입에서만 맴돌고 밖으로 나오지 않았다. 이러다 정말 죽는 건 아닐까 두려워졌다. 이렇게 죽고 싶지 않았다. 엄마를 깨워야 하는데……. 온 힘을 다해 엄마를 불렀다.

"엄마!"

입 밖으로 말이 나옴과 동시에 눈이 번쩍 떠졌다. 몸을 일으켜 침대에 기대앉았다. 식은땀이 흘렀다. 또 가위에 눌렸다.

"서현아! 괜찮아?"

엄마를 부르는 소리가 꽤 컸는지 엄마, 아빠, 언니가 차례로 방에 들어섰다.

"가위눌렸나 봐. 괜찮아."

"무슨 일 난 줄 알았다. 아직도 가슴이 뛰네."

어지간히 놀랐는지 언니가 가슴을 쓸어내리고는 방에서 나갔다.

"엄마가 같이 자 줄까?"

아빠도 곧 방에서 나갔다. 엄마는 불안한지 문 앞에서 멈칫거렸다.

"엄마, 나 졸려."

침대에서 일어나 엄마까지 내보내고 방문을 닫았다. 엄마가 켜 놓은 형광등 불은 끄려다 관뒀다. 괜찮은 척했지만 어두운 게 무서웠다.

"서현아! 사람이 태어날 때 정말 죽고 싶은 순간에 먹는 알약을 한 알 가지고 태어나면 어떨까?"

다시 자려고 누웠지만 오히려 정신이 또렷해지면서 호스피스 병동에서 마지막으로 본 진아 언니 모습이 떠올랐다. 갈라진 입술로 힘들게, 편한 죽음을 가져다주는 알약이 있으면 언니네 가족이 언니 때문에 더는 괴롭지 않을 테고 언니도 마음 편히 떠날 수 있을 거라고 말했다.

곧 죽을 걸 알면서도 단지 숨을 쉬고 있다는 이유만으로 그 고통스러운 시간을 견뎌야 하는 건 너무 잔인한 일이다. 그런데도 사람들은 마지막 순간까지 아픈 사람들을 편하게 놔두지 않는다. 마지막까지 온갖 노력을 다하는 것인지 마지막까지 미련을 버리지 못하는 것인지 모르겠다.

치료가 잘 되지 않았다면 나도 죽었을까? 내가 죽으면 날 아는 사람들은 어떤 반응을 보일까? 우리 가족은 마음 아파 울겠지. 엄마가 아파할 모습을 상상하는 것만으로 뺨 위로 눈물이 흘렀다. 또 누가 날 위해 슬퍼할까? 소영이, 지연이 그리고 또, 떠오르는 사람이 없었다.

내가 아프면 내 가족, 내 친구들은 아무것도 못 할 줄 알았다. 크게 웃지도 못하고 놀러 가지도 못하는 게 당연하다고 생각했다. 내 생각처럼 처음에는 그랬다. 하지만 그것도 잠시였다. 갈수록 날 걱정하며 전화해 주는 반 아이들이 줄어들고 병문안 오는 친구들도 뜸해졌다. 친구들은 나 없이도 영화를 보고 웃고 여행을 갔다. 내가 없는 건 정말 아무것도 아니었다. 내가 죽어도 마찬가지일 거다. 처음에는 내 죽음에 슬퍼하고 울어 줄지 모르지만 조금만 지나면 모든 게 잊히고 난 가끔 떠오르는 사람이 될 뿐일 거다.

생각할수록 자꾸 눈물이 났다. 그만 생각하고 싶었다. 잠들었으면 좋겠다. 진아 언니 장례식 이후로 며칠째 잠을 설쳤다. 생각을 멈추려 해도 뜻대로 안 된다. 자고 싶다.

일어나 책상 서랍을 열었다. 먹지 않고 모아둔 수면제가 들어 있는 통을 꺼냈다. 치료받을 때 잠이 오지 않을 거라면서 선생님이 진통제와 함께 처방해 준 약이 담겨 있었다. 그 때는 약을 먹어도 잠이 오지 않았다. 별 효과가 없는 약이라는 생각을 하면서도 엄마 몰래 모아둔 약들이었다.

약통을 열고 책상 위에 부었다. 스물아홉 알.

이걸 다 먹으면 영원히 잠들까? 고개를 설레설레 흔들었다. 힘든 치료도 다 끝내 놓고 내가 지금 왜 이런 생각을 하고 있는지 모르겠다. 게다가 난 이걸 다 입에 넣을 용기도 없다. 정확히 말하자면 죽고 싶지 않다는 게 내 진심이다. 난 살고 싶다.

두 알만 빼고 남은 약들을 다시 통에 집어넣었다. 서랍에 약통을 넣고 이어폰을 꺼냈다. 약을 삼켰다. 약과 음악이 날 재워 주길 바라면서 눈을 감았다.

- 9 -
공통점

"언니! 담임이 오래요."

반에서 성격 좋기로 유명한 하영이었다. 하영이를 보면 지연이가 떠오른다. 지연이도 성격이 시원해서 아이들에게 인기가 많았다.

"응. 고마워."

하영이에게 짧게 인사를 하고 교실에서 나왔다. 수업 시간도 얼마 남지 않았는데 언덕길 아래 본관 건물까지 갔다 와야 하니 번거롭게 느껴졌다. 오라고 하니 가긴 하지만 할 얘기가 있었으면 조금 전 조회 시간에 하고 갔으면 서로서로 편하고 좋을 일이었다.

왜 오라고 했지? 혹시 엄마가 전화했나?

엄마는 시시콜콜한 일들도 쪼르르 담임한테 보고했다. 그리고 진아 언니 일로 요즘 부쩍 내 눈치를 봤다.

어휴! 그렇다면 또 담임과 학교생활에 대해 뻔하고 뻔한 상담을 해야 한다. 날마다 똑같은 학교생활에 대해 물을 테고, 또 괜찮다는 말만 할 테고 담임은 나름 멋지다고 생각하는 이야기를 늘어놓고 상담을 끝낼 거다. 그나마 아침 시간이라 짧게 들을 수 있어 다행이다.

교무실 앞에 서서 심호흡을 했다. 학교에서 가장 오기 싫은 곳을 뽑으라면 단연 교무실이다. 1, 2학년 때 담임이나 특별 활동 담당 선생님처럼 아는 선생님이라도 만나면 여지없이 붙들리고 더 운이 나쁘면 모르던 선생님들한테도 격려의 말을 들어야 한다. 아는 척하는 선생님이 없기를 간절히 바라며 교무실 문고리를 잡았다. 그때 안에서 문이 확 열리는 바람에 안에서 나오는 사람과 부딪힐 뻔했다.

"미안."

밝았던 표정을 본 적도 많지 않지만 지금 선주 표정은 왠지 모르게 안쓰러워 보였다. 어떻게 보면 울고 나온 사람처럼 보였다. 아니, 눈물을 억지로 참는 모습에 더 가까웠다. 선주가 내 시선을 피해 복도를 걸어갔다. 나도 얼른 교무실로 들어갔다. 나도 가끔은 사람들 시선이 싫을 때가 있다. 지금 선주가 그래 보였다.

"서현아, 요즘 건강은 어때?"

담임이 뜬금없이 몸 상태를 물었다.

"괜찮아요."

"선생님이 보기에도 예전보다 훨씬 건강해 보인다."

도대체 무슨 말이 하고 싶은 건지 의사처럼 건강 진단까지
했다.

"아침에 어머니께서 졸업 여행 안 갔으면 좋겠다고 전화하
셨어."

"네?"

전혀 듣지 못했던 이야기다. 창피해서 얼굴이 화끈거렸다.

"어머니께서 걱정을 많이 하시더라. 그런데 선생님은 갔
으면 좋겠다. 우리 반 모두. 그래야 졸업 여행의 의미가 있지
않겠니?"

가발 때문에 가지 말까 고민하긴 했지만 오랜만에 떠나는
여행이라 가고 싶은 마음도 있었다. 그래서 결정하지 못하고
있었는데 엄마가 나와 상의 한 마디 없이 이런 결정을 할 줄
은 몰랐다.

"서현이 네 생각은 어떠니?"

담임이 손에 들고 있던 볼펜을 손가락으로 반복해서 돌리
며 내가 대답하기를 기다렸다.

"갈 거예요."

엄마의 건강 염려 치맛바람이 고민을 끝맺게 해 주었다.

"잘 생각했다."

담임이 돌리던 볼펜을 탁자 위에 경쾌하게 내려놓았다.

"어머니께는 내가 전화할 테니까 자, 이제 수업 준비하러 가야지."

담임이 이야기를 마무리했다. 담임한테 인사하고 얼른 교무실을 나왔다. 집에 가서도 내 결심이 흔들리지 않고, 엄마한테 화내지도 않았으면 좋겠다는 생각을 하면서 교실로 돌아갔다.

하지만 바람처럼 엄마랑 좋게 이야기를 끝내지 못했다. 졸업 여행은 가기로 결론 내렸지만, 그것 때문에 요 며칠 엄마와 냉전 중이었다.

파란 하늘에 가끔씩 흰 구름이 지나갔다. 살갑게 불어오는 바람이 조금 뜨겁게 느껴지는 햇볕을 가볍게 날려 주는 상쾌한 가을 날씨였다. 다른 사람들에게는 더없이 좋은 날이지만 병원에 가야 하는 나에게는 졸업 여행 일로 며칠 전부터 쌓여 온 짜증에 짜증을 더하는 날이었다. 토요일 아침이라 그런지 산책하러 나온 사람도 거의 없는 아파트 공원을 가로질러 병원에 가는 버스를 탔다. 버스 안 역시 한산했다. 버스 뒤쪽에 자리를 잡고 창문을 조금 열었다.

지난번 진료 때 의사 선생님이 3개월에 한 번 보자고 말해 정말 좋았는데 별반 좋을 것도 없었다. 케모포트가 막히지 않게 늦어도 5주 안에는 주사약을 넣어야 하니 케모포트를 빼지 않는 한 매달 병원에 가야 했다. 케모포트가 막히면 반대편 가슴에 새로 넣어야 한다니 무슨 일이 있어도 꼬박꼬박 병원에 가야 한다. 얼굴을 창에 기대고 창문 틈으로 밀려오는 바람을 맞았다.

다른 친구들과 연락을 하지 않은 게 언제부터였을까?

기억해 보려 해도 기억나지 않았다. 치료가 끝나고 보니 내가 만나는 사람들은 친척들과 소영이, 지연이, 진아 언니뿐이었다. 이제 진아 언니도 볼 수 없고 소영이, 지연이도 만나지 않는다. 이게 내 인간관계의 전부라 생각하니 쓴웃음이 나왔다.

버스에서 내려 병원 안으로 들어갔다. 진아 언니가 죽고 처음이었다. 진아 언니 장례식 때만 해도 초록빛이었던 나뭇잎들 중간중간에 붉은색을 띤 나뭇잎이 보였다. 진아 언니한테 단풍 구경하러 가자고 말해 놓고 혼자만 단풍을 보게 됐다. 진아 언니 생각을 떨치려고 서둘러 3층 주사실로 올라갔다. 날씨가 좋아서인지 내 앞으로 대기하는 사람이 몇 명 되지 않았다. 생각보다 빨리 약을 넣었다. 주사실에서 피가 멈출 때까지 잠시 앉아 있다 나오려다 관뒀다. 그 시간조차 병원에 있기 싫었다. 케모포트 주사 구멍으로 피가 새 나오지 않게 손으로 가슴 위를 누른 채 계단을 내려갔다.

병원 밖으로 나가려고 등나무 의자를 지나는 순간 낯익은 얼굴에 걸음을 멈췄다. 전철역에서 우연히 만났던 때보다 더 놀라웠다. 선주는 나를 보지 못했는지 휠체어를 밀며 건물 쪽으로 걸어오고 있었다. 휠체어에는 엄마 또래의 아줌마가 타고 있었고 휠체어 약통 걸이에는 커다란 갈색 봉지와 검은 기계가 달려 있었다. 항암제. 한눈에도 무슨 약인지 알 수 있었다. 순간 속이 울렁거렸다. 딱 휠체어 거리만큼 가까이 와서야 선주가 나를 봤고, 어색한 미소를 짓고 지나갔다. 나는 멍하니 서서 선주가 지나가도록 간단한 눈인사도 못 건넸다.

안녕!

선주가 지나가고 나서야 혼자 인사말을 내뱉었다. 인사 한마디 하는 게 뭐 그리 힘든 일이라고 바보같이 행동했다. 늘이렇다. 돌아서서 후회하고 자책하고 마음에 담아 두고. 정문까지 걸어갔다가 다시 등나무 의자가 있는 곳으로 돌아와 앉았다. 선주랑 약속한 건 아니었다. 왠지 기다리고 싶었다. 꼭선주가 이곳으로 내려올 거란 느낌이 들었다고 할까?

"혹시나 했는데 있었네."

정말 선주가 내려왔다.

"그러는 넌?"

선주와 마주 보며 어색하게 웃었다.

"병실에 엄마만 있어서 금방 올라가 봐야 해."

"그래."

무슨 말을 해야 할지 모르겠다. 병세를 물어보기도 불편하고 위로의 말을 건네기도 어색했다. 생각해 보면 나에게 병문안 왔던 사람들도 그랬다. 괜찮니, 힘내, 뭐 이런 말들을 하고는 무슨 말을 해야 할지 모르는 사람처럼 어색하게 앉아 있다가 가곤 했다.

"너희 엄마는 보험 들었어?"

기껏 꺼낸 말이 보험이라니. 선주만 안 본다면 내 머리를 한 대 쥐어박고 싶었다.

"하하."

선주가 웃었다.

"너 웃긴다. 꼭 병실에 있는 아줌마들처럼 말한다."

"그런가?"

'보험 들었어요?'는 진단을 막 받고 새로 들어온 아이가 있을 때마다 엄마들끼리 의례 묻는 말이다. 그만큼 나 같은 병을 앓은 환자들에게 중요한 문제이기도 했다. 의료 보험이 적용되지 않는 약물이나 무균 병동에 들어가는 것 때문에 병원비가 없어 쩔쩔매는 사람들을 보면 엄마는 매우 안타까워했다. 그러면서 보험 들어 놓기를 정말 잘했다 하고 안심하곤 하셨다. 그렇지만 진아 언니처럼 병이 재발하면 보험도 소용

없었다. 언니네는 결국 집까지 팔았다. 진아 언니가 자기 때문에 집을 판 걸 알고 얼마나 속상해했는지 모른다.

"우리 엄마 보험 들었어."

"그렇구나."

참 다행이다.

또다시 침묵.

"혹시……, 엄마 때문에 돌아온 거야?"

침묵 속에서 불현듯 선주가 나에게 호의를 베푼 것도, 유학에서 바로 돌아온 것도 선주 엄마의 병 때문이었을 거라는 생각이 들었다. 유학 갔던 아이가 일 년도 안 돼서 돌아왔다. 게다가 좋게 떠난 것도 아닌데 다시 학교에 복학까지 했다.

"그렇지 않아도 돌아오고 싶었어."

선주 엄마는 선주가 다시는 그 아이들과 어울리지 못하게 하려고 서둘러 필리핀으로 유학을 보냈다고 했다. 가서 바로 어학원에 다니기는 했어도 준비 없이 간 탓에 적응하기가 어려웠고, 그런 와중에 엄마가 암에 걸렸다는 걸 알고 바로 돌아왔다고 했다. 엄마가 원하는 대로 학교에 다니려고 작년 가을에 복학을 준비했지만 어학원에 다닌 게 학교 다닌 걸로 인정받지 못해 유급되었다고 했다. 담담하게 지난 일을 얘기하는 선주가 고맙고 부러웠다.

"다음 주에 졸업 여행 가는 거지?"

나는 결국 내 얘기를 꺼내지 못하고 화제를 돌렸다. 나도 누군가에게 이렇게 내 얘기를 담담하게 꺼낼 수 있는 날이 올까?

"어. 안 갔으면 좋겠는데 담임이 불러서 안 가면 안 된다고 하잖아."

그날 선주도 졸업 여행 때문에 담임한테 불려 갔던 거였다. 하긴 엄마가 아픈데 여행을 가려니 마음이 편치 않을 거다.

"사실 엄마가 전화했대. 꼭 데려가 달라고."

우리 엄마와 다른 이유였지만 선주 엄마도 담임에게 전화를 했던 모양이다.

"사실 우리 엄마도 전화했어. 안 갔으면 좋겠다고."

뭔가 선주에게 내 이야기를 해 주고 싶었다.

"하여간 엄마들이란."

선주가 장난스럽게 말을 되받아 줬다.

"그러게 말이야."

선주가 함께 졸업 여행을 가게 돼서 다행이라는 생각이 들었다.

"나 올라가 봐야 해."

"그래. 나도 집에 가야지."

선주가 먼저 자리에서 일어났다. 학교에서 봤던 선주와는 전혀 다른 느낌이었다. 그러고 보니 선주가 많이 지쳐 보였다. 학교에서 보자는 간단한 인사를 서로 건네고 선주는 병원 안으로, 나는 병원 밖으로 걸어 나왔다. 장소도 그렇고 나누는 대화도 그렇고 친목을 도모하기에 좋은 조건은 아니었다. 그런데도 선주와 가까워진 기분이 들었다. 누군가와 손톱만큼이라도 같은 어려움을 공유한다는 것은 사람 사이의 거리를 좁혀 주는 것 같았다. 더구나 공통점이 힘든 일일 땐 마음의 위안도 얻는 게 분명했다.

졸업 여행

휴.

한숨이 나왔다. 거울을 보고 또 봐도 내 머리는 답이 안 나왔다. 결국, 손에 든 가발을 썼다. 이 가발을 쓰고 2박 3일을 지내야 한다니 막막했다. 여행하는 동안 가발을 벗을 수도 없고 눈썹 그리기도 불편할 게 분명했다. 아이들과 한방에서 자는 것도 같은 곳에서 씻어야 하는 것도 부담스러웠다. 혹시라도 아이들이 내 수술 흉터를 보게 될까 봐 걱정도 됐다.

"아프면 진통제 먹고, 바로 전화해. 엄마가 데리러 갈게."

이런저런 걱정에 괜히 졸업 여행을 간다고 했나 후회하고 있는 동안 엄마는 벌써 세 번째 똑같은 말을 했다.

"엄마! 가면 약 다 있어. 가방만 무거워."

내 말이 들리지 않는다는 듯 엄마가 두툼한 비상약 가방을 여행 가방에 넣었다. 진통제부터 소화제, 해열제, 설사약, 연고, 반창고까지 모두 챙겨 넣었다.

"입구에 차 대고 있을 테니까 나와. 서린아! 엄마 서현이 학교까지 데려다 주고 올게. 문 잠가."

엄마가 기어이 혼자서도 여행 가방 메고 갈 수 있다는 내 말을 무시하고 가방을 들고 먼저 현관을 나갔다.

"엄마! 나 내려 줘. 창피해. 애도 아니고 어느 엄마가 중학생 딸이 졸업 여행 간다고 학교까지 와?"

아이들은 점점 많아지는데 몇 번을 말해도 엄마가 내려 줄 생각을 안 했다.

"엄마!"

"뭐 어때서?"

소리를 지르니 그제야 뒤를 돌아봤다.

"그렇게 걱정되면 졸업 여행을 보내지 말지!"

엄마는 담임한테 설득당하고 이제 와 안절부절 어쩔 줄 몰라 했다.

"나 내려서 갈 거야. 이럴 거면 경주까지 따라오지 왜?"

엄마가 아무 말 없이 차를 세웠다.

"갈게."

가방을 챙겨 내렸다.

"……그래."

무슨 말을 하려다 멈춘 엄마 얼굴에 서운한 기색이 역력했다.

돌아서자마자 버럭 화를 낸 게 미안해졌다. 몇 발짝 학교 쪽으로 걷다가 다시 차 앞으로 돌아와 창문을 톡톡 쳤다. 엄마가 창문을 내렸다.

"잘 갔다 올게."

"그래. 조심히 다녀와."

엄마가 웃었다. 엄마한테 다시 돌아가서 인사하고 오길 잘했다. 2박 3일이나 못 볼 텐데 계속 마음에 걸렸을 것이다.

운동장에 나란히 주차된 버스 중 '3-5' 표지가 붙어 있는 버스 앞으로 갔다. 한껏 멋을 부린 반 아이들 몇이 버스 앞에 서 있었다. 하나같이 들뜬 표정들이다. 어차피 기다려야 할 친구들도 없어 바로 버스에 올라탔다.

자리를 찾으러 버스 뒷좌석까지 갔다가 다시 돌아 나왔다. 선주는 아직 오지 않았고, 벌써 좋은 자리에는 가방이 올려져 있었다. 어디에 앉을까 고민하다가 앞에서 두 번째 창가 자리에 앉았다. 맨 앞자리에는 담임이 앉을 테고 그 뒤쯤 앉으면 좋을 것 같았다. 지금 남아 있는 자리 중 가장 눈에 잘 안 띄고 아이들 노는 데도 방해받지 않을 곳이다. 아이들은 분명 담임을 피해 앉으려고 할 테니 말이다. 귀에 이어폰을 꽂았다. 노래를 듣고 있으면 혼자 있어도 어색하지 않아서 좋았다. 세상에 음악이 없다면 나 같은 아이들은 어떻게 견뎠을지 상상도 하기 싫었다.

"일찍 와서 좋은 자리 좀 맡지."

선주가 구시렁거리며 내 옆에 앉았다.

그러는 네가 일찍 와서 자리 맡지 그랬어?

예전 친구들한테 했던 것처럼 말을 맞받아치면 좋으련만 입이 안 떨어졌다. 말 대신 어색한 미소만 날렸다.

"백번 양보해도 담임 뒤는 심했다."

버스 좌석은 45석이고 우리 반 정원은 34명이니 사실 내 옆에 앉지 않아도 된다. 그런데도 내 옆에 앉으며 투덜거렸다. 투덜대는 선주가 귀엽다는 생각에 슬쩍 웃음이 나왔다.

휴대 전화에 저장해 놓은 곡들을 다섯 번이나 반복해서 듣고 난 뒤에야 숙소에 도착했다. 방 배정을 받고 지루한 레크리에이션을 끝내고 가까운 유적지로 답사를 나갔다. 천 년의 도시 경주의 아름답고 찬란한 유적지라는 곳마다 사람들에게 떠밀려 어디 한 곳 제대로 보지도 못하고 발도장만 열심히 찍으며 움직였다. 그래도 아이들은 뭐가 그리 신이 나는지 폴폴 날리는 먼지를 먹으면서도 사진 찍기에 바빴다. 선주와 나는 아이들 뒤꽁무니만 쫓아다니며 사진 한 장 찍지 않았다. 예전 같았으면 메모리 가득 사진을 찍고 지우고 그랬을 테지만.

"내가 사진 찍어 줄까?"

디카를 만지작거리는 선주에게 어렵게 말을 꺼냈다. 이제
는 많이 가까워졌다고 생각하는데도 가끔 대화가 끊어져 어
색했다. 이 상황에서 어떤 말을 꺼내면 좋을까 생각만 하다
타이밍을 계속 놓쳤다.

"사진은 뭐하게. 너 찍어 줄까?"

선주가 신발로 바닥을 긁었다.

"아니."

가발 쓴 내 모습을 남기고 싶지 않았다. 불쌍한 디카들! 주
인을 잘못 만나 종일 케이스에 갇혀 있다.

"사람 많은 데 짜증 나."

선주가 계단 난간에 털썩 주저앉았다.

"나도 싫더라."

선주 옆에 앉았다. 요즘은 많은 사람 사이에 있으면 더 동
떨어져 있는 느낌이다. 마음은 선주랑 더 얘기하고 싶은데 더
끌고 갈 이야깃거리가 떠오르지 않으니 자꾸 시계를 들여다
보게 된다. 이곳에서 10분을 더 있어야 했다. 특별히 할 일이
없으니 자연스레 내 눈은 사람들을 관찰했다. 우리랑 같이 도
착한 아줌마 아저씨들은 멀리서도 들리는 웃음소리를 내며
관광버스에 올라탔다. 아이들은 절에서 나와 주차장 앞에 늘
어선 기념품 가게 앞에서 친구들끼리 선물을 고르고 있었다.

집에 가면 버리거나 방 한구석에 처박아 둘 것을 뭐하러 사는
지……. 하긴 나도 예전에 여행 오면 친구들 살 때 덩달아 사
곤 했다.

이제 숙소로 돌아가면 오늘 일정은 끝이다. 별로 한 일은
없지만 여행을 했다고 피곤함이 밀려왔다. 피곤함에 언제 잠
이 들었는지도 모르게 잠에 빠졌다. 그래도 같은 방을 쓰는
아이들이 일어나기 전에 씻어야 한다는 생각을 하고 자서인
지 아이들이 일어나기 전에 눈을 떴다. 예상했던 시간보다 조
금 늦게 일어나는 바람에 서둘러야 했지만.

"이서현! 나 화장실."

밖에서 선주가 화장실 문을 두드렸다.

"잠, 잠깐만."

아직 머리가 안 말라서 가발을 쓰는 걸 미루고 이제 막 양
치질을 시작하는 중이었다. 짧은 머리도 드라이기 없이 말리
려니 빨리 안 말랐다. 바짝 말리지 않고 가발을 쓰면 냄새가
난다.

"야!"

이러지도 저러지도 못하고 있는데 선주가 이제 문을 쾅쾅
두드렸다. 정말 급한 모양이다. 어쩔 수 없이 다 말리지 못한
머리 위로 가발을 썼다. 입도 못 헹구고 문을 열었다.

탁.

선주가 나를 밀고 잽싸게 들어와서는 문고리를 잠그고 바지를 내렸다. 내가 있는데도 아랑곳없이.

"이 아침에 혼자서 뭘 이리 오래 써?"

"어, 미안."

거울을 보면 변기에 앉아 있는 선주가 보였다. 어디에 시선을 둬야 할지 몰라 천장을 보고 칫솔질을 계속했다. 선주가 변기에 앉아 있으니 문을 열고 나갈 수도 없다. 더는 입안이 매워서 치약 거품을 물고 있기 힘들었다.

입에서 치약 거품을 뱉어 내려고 고개를 숙였다. 그 순간 생각지도 못한 일이 벌어졌다.

설마 하며 고개를 들어 보니 선주 손에 내 가발이 들려 있었다. 너무 순식간에 무방비 상태에서 일어난 일이라 도저히 손쓸 겨를이 없었다. 눈물이 핑 돌았다. 우리 가족 외에는 누구에게도 보여 주고 싶지 않았던 모습이다. 화가 나서 선주를 흘겼다.

"생각보다 머리 길다. 편의점 앞에서 너 모자 쓴 거 봤을 때는 짧아 보였거든."

저 뻔뻔함. 미안하다는 말 한마디 없다.

"야, 멋진데?"

어이가 없다.

"예뻐! 그만 좀 째려봐라."

"진짜 영화배우 같아."

그런가?

자꾸 선주가 치켜 주니까 눈에 힘이 조금씩 풀렸다.

"답답하게 왜 감추고 다녀. 이런 스타일 나같이 못 생긴 머리통은 하고 싶어도 못 해."

화장실에 걸려 있는 거울을 조심스레 봤다. 눈에 눈물이 고여 있고, 아직 얼굴 부기가 빠지지 않아서 살짝 통통한 붉은 얼굴에 까만 머리. 예전에는 너무 머리숱이 많아서 머리를 묶으면 꼭 여러 번 쓰다 말려 놓은 붓 같았는데 지금은 평범한 아이들 같아 보였다. 고개를 돌려가며 이리저리 머리 모양을 봤다. 자꾸 보니 선주 말대로 영화배우 같아 보이기도 했다.

갑자기 선주가 뭔가 생각난 듯 욕실 밖으로 나가더니 동그란 통 하나를 가지고 들어왔다. 헤어 왁스였다. 선주가 크림을 손에 골고루 문지르더니 내 머리에 발랐다.

"아! 살살해."

"엄살은."

선주가 능숙한 손놀림으로 몇 번 머리카락을 잡아당기니 제법 멋진 머리 모양이 만들어졌다. 거울 앞의 내가 정말 영화배우처럼 보였다.

"이거 버려라. 이 머리 스타일 보는 나도 지겹다."

"안 돼."

선주 손에서 가발을 낚아챘다. 지겨웠지만 버리기는 싫었다.

"언니들! 화장실 가고 싶어요."

언제 일어났는지 같은 방을 쓰는 하영이와 다른 아이들이 아우성이었다.

"나간다. 나가."

그래도 하룻밤 같은 방에서 잤다고 선주는 애들에게 편하게 말했다.

"까아, 언니 진짜 멋져!"

화장실에서 나오는데 문 앞에 서 있던 하영이가 엄지손가락을 치켜세웠다.

"잘 어울려요."

"연예인 같아요."

"언니, 멋있어."

여기저기서 나오는 칭찬 소리. 우쭐해졌다.

내 머리 모양에 아침부터 방안이 떠들썩거렸다.

"거 봐. 잘 어울린다니까."

선주가 나에게 미소를 보냈다. 쑥스러워 고맙다고 말하지 못했지만 좋아서 웃음이 자꾸 나왔다. 기분이 좋으니 여행도 조금씩 즐거워졌다. 토함산 단풍을 볼 때는 진아 언니 생각에 잠시 코끝이 찡해지기도 했지만 가는 곳마다 웃음이 끊이지 않았다.

"언니들, 표정이 너무 굳었다."

"다시 찍어요, 자연스럽게 김치."

"언니, 그건 썩소잖아."

마지막 유적지인 수중왕릉에 도착하자 아이들이 사진을 찍자고 성화였다. 선주와 함께 사진 찍을 자세를 취했지만 하영이는 표정이 어색하다고 몇 번을 다시 찍었다.

"에이, 안 되겠다."

결국, 배경은 크게 사람 얼굴은 조그마하게 나오도록 찍었다.

치료가 끝난 뒤 처음 찍은 사진. 마치 처음 사진을 찍는 사람처럼 어색하고 자연스러운 표정이 나오지 않았다. 그동안 MRI나 PET-CT*로 수없이 내 머리와 몸을 찍었다. MRI나 PET-CT 모두 머릿속 조직까지 훤히 나오지만 내 표정은 전혀 찍히지 않는다. 내 머릿속 조직들까지 입체 영상화하는 기

---

*PET-CT : 몸의 대사활동 이상 유무를 검사하는 PET(양전자를 방출하는 방사선의약품을 이용하여 체내의 미세한 변화를 영상화하는 검사.)와 몸의 구조적 이상 유무를 검사하는 CT의 장점을 결합하여 만든 검사 장비이다. 한 번의 검사로 암의 조기 발견, 전이 여부에 대한 판별이 가능하며, 현재 알려진 진단 방법 중에 가장 정확하게 암을 진단할 수 있는 방법이다. 암 이외에도 신경정신계 질환(치매, 뇌혈관 질환 등)과 심혈관계 질환(관상동맥 질환 등)에 이용하고 있다.

계에 정작 눈으로도 볼 수 있는 표정들은 찍히지 않다니 최첨단기계도 완벽하지 않다는 생각이 들었다.

어제와 너무 다른 하루가 지나갔다. 자려고 누우니 오늘 일들이 떠올랐다. 가발을 벗은 일부터 아이들과 사진 찍은 일, 버스에서 선주와 나눴던 대화 그리고 롤링페이퍼까지. 여행 마지막 밤이라 그런지 아이들도 잠을 이루지 못하는 것 같았다. 자지 않고 목소리를 낮춰 이야기 나누는 소리가 들렸다. 아직도 롤링페이퍼 얘기를 하며 웃어댔다. 아이들 웃음소리가 듣기 좋았다. 눈이 스르르 감기고 아이들 소리가 끊어져 들렸다. 예전에 소영이, 지연이와 새벽이 다 되도록 얘기했던 일들이 꿈처럼 떠오른다. 나도 그랬다. 친구들과 웃으며 새벽녘까지 얘기를 나눴다. 그때는 나도 방에 있는 이 아이들처럼 그랬다.

-11-
나를 찾아서

연금술사? 언니가 갔다 놨나?

졸업 여행에서 돌아오니 책상 위에 책이 한 권 놓여 있었다. 무심결에 책 표지를 넘겼다. 하얀색 속표지에 내 글씨가 보였다.

언니~ 메리 크리스마스.^^

생각났다. 지난 크리스마스에 내가 진아 언니한테 선물한 책이다. 그때 나는 마지막 치료가 끝났고 언니는 크리스마스가 다가오는데도 병원에서 항암 치료를 받고 있었다. 미안한 마음에 진아 언니에게 선물할 요량으로 병원 앞 대형서점에서 이 책을 샀다.

'내 안의 신을 찾아가는 영혼의 연금술'이라고 쓰인 광고 종이가 눈에 띄어 읽어 보지도 않고 산 책. 아직도 그 광고 종이가 너덜너덜한 채 책 표지에 둘러 있었다.

근데 이게 왜 여기 있지?

가방을 내려놓고 한 장을 넘겼다. 다음 장을 보는 순간 가슴이 철렁 내려앉았다.

하얀 종이 위에 가득 쓰여 있는 힘없는 진아 언니의 글씨.

서현아, 안녕!

이렇게 편지 쓰려니 어색하다. ^^

지난번 네가 오고 난 후 편지를 써야겠다고 생각했어.

어떤 종이에 편지를 쓸까 생각하다가 이 책이 떠올랐어.

네가 준 내 마지막 크리스마스 선물.

이 책에 이런 말이 나와. 마크툽……

그렇게 될 일은 어차피 그렇게 될 일이라는 뜻이래.

지금 생각해 보면 내가 죽는 것도 그렇게 될 일인 것 같아.

재발하고 항암 치료도 효과 없었잖아.

알면서도 너무 괴로워했던 것 같아.

죽는다고 생각하니까 두렵고 불안했어. 억울하기도 하고.

그런데 계속 화만 내고 억울해하기에는 얼마 안 남은 시간이 아깝더라.

　고마운 사람들한테 고맙다는 말도 해야 하고 짧았지만 내 생을 정리해야지.

　요즘은 여기 호스피스 간호사 수녀님이랑 많은 얘기를 하고 지내.

　수녀님이 인디언 속담이라고 해 준 말인데 맘에 들어.^^

　울기를 두려워 말라. 눈물은 마음의 아픔을 씻어 내는 약이다.

　더 눈물이 나지 않을 만큼 울고 나니까 마음이 홀가분해지더라.

　서현아! 힘들면 너도 울어. 그리고 다 털어 내.

　가장 어두운 시간은 해 뜨기 바로 직전이래.

　우리가 바로 그 어두운 시간에 있다고 생각해.

　앞으로는 해만 뜨겠지?

　그동안 고마웠어.

　몇 번을 쓰고 지웠는지 종이 표면이 헐어 있었다. 눈물이 나지 않을 만큼 울었다는 진아 언니가 쓴 편지엔 눈물 자국까지 있었다. 눈물이 하염없이 흘러내렸다. 지금까지 꾹 참았던 눈물까지.

얼마나 울었을까. 한참을 울고 나니 머리가 어지러웠다. 그래도 울고 나니 마음이 한결 가벼워졌다. 언제나 진아 언니는 자기가 선배라며 이것저것 알려 줬다. 이번에도 진아 언니한테 한 수 배웠다.

서랍에서 투명 테이프를 꺼내 너덜너덜해진 광고 종이를 책에 고정했다. 그러고는 침대 밑에서 빨간색 커다란 하트가 그려져 있는 상자를 꺼냈다. 소중한 물건을 보관하는 상자다. 책을 넣으려고 상자 뚜껑을 열자 내 유언장이 보였다. 종양 제거 수술을 받기 전에 쓴 유언장. 아직도 그 순간이 기억난다. 수술 날짜가 정해지고 얼마나 불안했던지 수술을 받다가 깨어나지 못하고 죽을지도 모른다는 생각마저 들었다. 그래서 수술을 받으러 병원에 입원하기 전날 밤 급하게 썼던 유언장이다.

큭. 유언장을 보니 웃음이 나왔다.

엄마, 아빠, 언니, 친구들에게 고맙다는 말이 몇 줄 쓰여 있고 이것저것 내 물건을 누구에게 주겠다는 내용이 반 이상이었다. 대학 가면 유럽 배낭여행을 가는 게 꿈이라는 언니에게는 50만 원 남짓 저금 되어 있던 통장을 주겠다고 쓰여 있었다. 지금 이 통장에는 200만 원 넘는 돈이 저금 되어 있다. 병문안 왔던 친척들이 올 때마다 먹고 싶은 게 있으면 사 먹으라고 주고 갔던 돈이다. 소영이에게는 태블릿 PC를, 지연이에게는 내 전자수첩을 주겠다고 쓰여 있었다. 그때 내가 가장 아끼던 물건이었다.

찌익.

유언장을 찢었다. 당분간은 죽을 것 같지 않고, 죽는다고 해도 이런 의미 없는 유언장을 남기고 싶지 않았다.

유언장을 치우니 편지 묶음이 보였다. 소영이가 나에게 보낸 편지와 카드들이었다. 소영이와 친구가 된 초등학교 4학년 이후부터 모아둔 것들이었다. 전에 있던 보물 상자 공간이 부족해 이 상자로 옮기면서 다른 아이들 건 버렸지만 소영이 건 그대로 남겨 뒀다.

편지를 열어 봤다. 몇 개만 빼고 다 초등학교 때 받은 것들이었고 편지의 내용은 달랐지만, 마지막 문장은 언제나 같았다.

너랑 친구인 게 참 좋다. 우리 오랫동안 친구 하자.

편지를 읽다 보니 유독 두툼한 편지가 눈에 띄었다. 작년 내 생일에 맞춰 소영이가 보낸 편지였다. 항암 치료를 마치고 집에 들어오는 날 편지함에 꽂혀 있던 이 편지를 보고 얼마나 기뻐했는지 모른다. 내 생일날 병원에 찾아온 소영이가 편지까지 보냈을 줄은 생각도 못했었다.

편지 봉투를 열자 편지지와 함께 코팅된 세 잎 클로버와 네 잎 클로버가 가득 보였다.

사랑하는 친구 서현~

정말 오랜만에 손으로 편지를 써 본다.

오늘 생일 축하해 주려고 갔는데 잠깐 얼굴만 보고 와서 너무 아쉬웠어.

그래서 지금 편지 쓰는 거야.

열다섯 번째 생일 무지하게 축하해!

오늘 같은 날은 너 좋아하는 치즈 케이크 같이 먹어야 하는데.^^

2학년 때 같은 반이 돼서 우리 뛸 듯이 좋아했잖아? 기억나?

네가 없는 학교는 생각했던 것보다 훨씬 재미없어.

특히 졸업 여행은 최악이었어.

얼마나 재미가 없었으면 내가 잔디에서 클로버를 찾고 있었겠니?

행복, 행운 다 가지라고 세 잎, 네 잎 다 뜯었어. 잘했지?

치료받는 거 힘들 테지만 남은 치료 힘내서 받아.

난 네가 병을 꼭 이겨 내리라 생각해.

우리 오랫동안 친구 할 거니까 지금 떨어져 있는 시간은 아주 짧은 걸 거야.

난 그렇게 믿어.

소영이와 나는 닮은 구석이 많았다. 생각하는 것도 비슷하고 좋아하는 것들도 비슷했다. 그러고 보니 자존심 센 것도 닮았다. 그래서 우리가 지금 서로 다가가지 못하는 걸지도 모른다. 그깟 자존심 때문에.

− 미. 안. 해.

휴대 전화를 꺼내 문자를 보냈다.

− 내. 가. 미. 안. 했. 어.

금방 답이 왔다. 처음이 어렵지 그다음은 너무 쉽게 풀린다.

눈썹과 선주

"정말 동네에서 할 거야? 다시 한 번 생각해 보지?"

"끝만 다듬을 거야."

아줌마 커트로 자르는 건 아닌지 사실 조금은 걱정스럽다. 하지만 사람들로 북적거리는 시내 미용실에 가는 것은 아직 내키지 않았다.

"난 말렸어. 나중에 나 원망하지 마."

언니가 포기했는지 미용실 문을 열고 먼저 들어갔다. 항암 치료 때문에 빠진 머리카락을 밀려고 병원 미용실에 간 뒤로 미용실에 온 건 처음이었다. 머리카락 길이가 조금 더 길어지면 오려고 했는데 가발을 벗으니 제멋대로 자란 머리카락이 눈에 거슬렸다.

"어서 오세요. 파마하려고?"

"아니요."

언니가 얼른 손사래를 쳤다.

"그럼, 학생? 머리 어떻게 해 줄까? 아이구, 짧아서 다듬기만 해야겠네."

대답할 틈도 없이 아줌마 혼자 묻고 혼자 대답했다.

"날도 쌀쌀해지는데 여학생이 왜 이렇게 머리를 짧게 잘랐어?"

"그냥요."

"어머, 학생. 머리에 수술 자국 있네?"

분무기로 머리를 적시려고 머리카락을 이리저리 옮기던 아줌마가 대단한 발견을 한 듯 나를 빤히 봤다.

"그래서 머리가 짧았구나. 근데 수술은 왜 했어?"

"교통사고 나서 몇 바늘 꿰맸어요."

뭐라고 말할지 생각하고 있는데 언니가 대뜸 끼어들었다. 거울로 비친 내 황당한 표정을 봤는지 언니가 실없이 웃어 보였다.

"아이구, 교통사고 조심해야지."

사람들은 남에 대해 뭐 그렇게 알고 싶은 게 많은지 모르겠다. 아줌마는 머리를 다듬는 내내 교통사고 난 동네 사람들 이야기를 끊임없이 했다. 그나마 다듬을 머리카락이 많지 않은 게 얼마나 다행인지!

"다 됐네. 얼굴에서 머리카락 좀 떼자."

아줌마가 한 말 중에서 가장 반가운 소리였다. 다듬을 때 잘린 머리카락들이 얼굴 여기저기에 붙어 계속 간질거렸다.

툭. 툭. 툭.

아줌마가 스펀지로 얼굴에 묻은 머리카락을 정신없이 털어냈다.

"아이구, 어떡해? 예쁜 눈썹 지워졌네."

눈을 떠 보니 아줌마의 거침없는 스펀지 손길 때문에 공들여 그린 눈썹이 군데군데 지워져 있었다.

"학생, 눈썹이 흐리네."

싫어하는 말만 골라 하는 것도 능력이라면 미용사 아줌마는 사람들에게 제대로 인정받을 인물인 것 같았다.

"학생 눈썹 문신해 볼래? 내가 잘하는데 아는데?"

"문신이요?"

고모할머니의 지워지지도 않는 가느다랗고 촌스러운 까만 눈썹이 생각나 고개를 저었다.

"화장 문신하면 얼마나 예쁜데. 요즘은 예전처럼 진하게 안 하고 눈썹에 살짝 펜슬 한 것처럼 자연스럽게 잘 나와. 또 시간 지나면 없어지니까 그때그때 유행에 맞게 다시 할 수도 있고. 얼마나 좋아?"

반영구 문신을 말하는 것 같았다.

"얼굴도 갸름해서 화장 문신하면 또렷해지고 예쁘겠네. 아는 데 있는데 소개해 줄까?"

"아니에요."

내 얼굴이 갸름한가? 하긴 몸무게가 7킬로그램이나 줄었고 이제 얼굴 붓기도 거의 다 빠졌다.

"화장 문신할 거면 와?"

돈을 내고 나가는데 아줌마가 끝까지 장삿속을 내비쳤다.

아줌마한테는 '안 해요' 했지만 집에 오는 길 내내 머릿속은 눈썹 문신 생각뿐이었다. 지금까지 왜 화장 문신 생각을 못 했을까?

"언니! 나 문신하면 어떨까?"

"얼마 전까지는 머리 붙여 달라고 난리더니 이제 문신이야?"

목이 말랐는지 집에 오자마자 주방에서 물을 마시던 언니가 컵을 내려놓고 한심한 듯 나를 봤다.

"자기 눈썹은 진하니까 동생 눈썹이 흐리든 말든 관심이 없지? 동생이 날마다 눈썹 안 그려도 되고 얼마나 좋아?"

짧은 머리카락은 머리카락을 붙일 수 없다고 해서 어쩔 수 없이 포기했지만 눈썹 문신은 다르다. 눈썹 길이와 전혀 상관이 없다.

"눈썹이 진해진다고 그 얼굴이 뭐 달라지겠어? 예쁘면 눈썹 흐려도 미인이라고 해. 모나리자 봐. 눈썹 없어도 미인이라고 하잖아."

"언니 눈에는 모나리자가 예뻐? 눈썹 없어서 모자라 보이는데! 좋게 표현해도 아픈 사람처럼 보여."

내가 보기에는 레오나르도 다 빈치가 너무했다. 그렇게 유명한 화가가 왜 멀쩡한 여자 눈썹을 안 그려서 이상한 사람처럼 만들어 버렸는지. 만일 그 그림을 레오나르도 다 빈치가 안 그리고 평범한 화가가 그렸다면 사람들에게 주목받지도 못했을 거다.

"그 당시에는 이마 넓은 게 미인의 기준이라 일부러 눈썹 뽑는 사람들이 많았대. 게다가 모나리자는 눈썹 없이 미소만으로도 우아함을 풍기잖아?"

"그렇게 모나리자가 예쁘면 언니가 눈썹 밀고 유행을 선도해 보던가?"

모나리자의 미소도 그렇다. 나도 저렇게 어정쩡하게 웃어 보이라고 하면 할 수 있을 거다. 그 모습을 제대로 그린 레오나르도 다 빈치의 그림 실력을 칭찬하라면 할 수 있어도 모나리자의 아름다움은 당최 모르겠다.

"나한테 그러지 말고 하고 싶으면 엄마한테 물어봐."

자기도 눈썹 없는 건 싫으면서!

"언니, 나 아플 때 나한테 했던 말 기억나? 다 나으면 좋은 선물 해 준다며? 그 절호의 기회가 왔어."

"내, 내가 좋은 선물 해 준다고 했지 언제 비싼 선물 해 준다고 했어?"

진짜로 언니가 해 주길 바라는 것은 아니었다. 얄미워서 해 본 소린데 자기 배낭여행 간다고 모아둔 돈을 쓸까 봐 기겁을 했다.

"와. 진짜 웃긴다. 비싸 봤자 얼마나 비싸겠어. 사람이 화장실 들어갈 때와 나올 때 마음 다르다더니 딱 언니를 두고 하는 말이네."

"동생! 돈을 떠나서 생각 좀 해 보세요. 아무도 당신 눈썹에 신경 안 쓰거든요. 너 혼자만 그러는 거지. 음, 뭐라고 할까? 그래. 집착!"

"치, 해 주기 싫으면 말아."

"응, 해 주기 싫어."

언니가 잽싸게 방으로 들어갔다. 꽁무니 빼는 언니를 보니 화장 문신을 할 수 있다면 꼭 언니 돈으로 하면 좋겠다는 마음이 강하게 솟구쳤다.

집착일까?

씻고 책상 앞에 앉아 손거울로 이리저리 눈썹을 들여다봤다. 엄마가 들으면 펄쩍 뛰겠지만 비춰 보면 볼수록 눈썹 문신이 하고 싶었다. 다른 사람에게는 대수롭지 않을지 몰라도 나에게는 눈썹 숱이 아주 중요하다. 그걸 집착이라고 한다 해도 어쩔 수 없다. 얼굴과 머리를 구분할 수 있는 선명한 눈썹이 생기면 내 얼굴도 또렷해 보이고 생기 있어 보이겠지?

　─ 뭐해?

　휴대 전화를 집어 카톡을 보냈다. 빨리 선주랑 눈썹 문신에 대해 의논해 보고 싶었다. 친구들에게 예쁘다고 칭찬받는 지금 눈썹 모양도 선주가 조언해 준 것이다.

　문자를 아직 못 봤나? 배터리가 없나? 카톡 서버장애인가? 자나? 무슨 일 있는 건 아니겠지? 엄마가 많이 아프신가?

　걱정스러웠다. 아프기 전에는 남 얘기 같았지만 이제 암에 관한 이야기만 들려도 가슴이 철렁했다. 선주한테 밤늦게 전화를 걸 수도 없어 울리지도 않는 휴대 전화를 자꾸 확인했다. 답이 없는 휴대 전화를 쥐고 선잠이 들었다가 새벽부터 기분 나쁘게 배가 아파 잠에서 깼다.

　이놈의 변비!

　화장실을 몇 번이나 들락거렸지만 실패했고 잠을 설쳐 피곤하기까지 했다. 변비가 생기기 전에는 변비가 얼마나 고통스러운지 몰랐다. 아침 내 변기에 앉아 화장실 밖으로 못 나오는 언니한테 '변비 같은 게 왜 생겨?'라며 고개를 설레설레 흔들었던 나였다. 역시 겪어 봐야 상대를 이해할 수 있는 것 같다.

10분을 넘게 또 앉아 있었다. 더 앉아 있다가는 지각할 게 뻔해서 물을 내리려는데 변기 물이 선홍빛을 띠고 있었다.

생리 때문에 배가 아픈 걸 몰랐다니.

생리가 시작됐다. 네 번째 약물 치료를 하고 멈췄던 생리다. 그때는 몸이 힘들어 생리가 멈춘 게 좋았다. 하지만 치료가 끝나도 생리를 하지 않았다. 귀찮고 불편했지만 오랫동안 하지 않으니 불안했다. 다시 생리를 하지 않으면 어떡하나 하는 생각이 들기도 하고 다른 아이들이 다 하는 걸 나만 안 하니 또 아이들과 달라지는 것 같아 두렵기도 했다.

시간이 지날수록 엄마는 나보다 더 불안해했다. 엄마 손에 끌려 산부인과까지 갔다. 초음파 검사에는 문제가 없었고 선생님은 항암 치료 때문에 몸이 지쳐서 잠시 쉬는 걸 테니 기다리라고 했다. 의사 선생님 말대로 시간이 지나면 해결될 것을 조급한 마음이 문제였다.

"밥 못 먹고 가서 어떡하니? 아직도 배 아파?"

"엄마, 나 생리해. 그래서 배 아팠나 봐."

설거지하던 엄마가 뒤를 돌아봤다. 고무장갑에서 주방 세제 거품이 바닥으로 뚝뚝 떨어졌다.

"생리해?"

엄마 얼굴이 환해졌다. 엄마가 좋아할 줄 알았다. 그래서 일부러 얘기한 거니까.

"그래. 그래야지."

갑자기 엄마가 눈물을 보였다. 고무장갑을 낀 손으로 눈물을 훔치더니 얼른 고개를 돌려 다시 설거지를 했다.

'아픈 사람 보는 것도 지친다.'

선주가 흘리듯 했던 말이 떠올랐다.

엄마한테 인사를 하고 서둘러 집에서 나왔다. 선주에게 이런저런 할 이야기가 많았다.

왜 안 오지?

선주가 오면 매점에서 간단하게 뭘 사 먹으려고 했는데 조회 시간이 다 되도록 오지도 않고 전화도 받지 않았다. 매점은커녕 조금만 더 늦으면 지각이라 교실 문이 열릴 때마다 조급한 마음으로 쳐다보고 있는데 문자가 왔다.

– 오늘 엄마 병간호할 사람이 없어서 못 가. 담임한테는 전화했어.

선주가 학교에 없으니 종일 힘이 빠졌다. 수업이 끝나자마자 엄마한테 전화를 걸었다. 병원에 들러 케모포트에 약을 넣는 주사를 맞고 오겠다고 했다. 엄마한테 뭐 이리 빨리 가느냐고 한 소리 들을 줄 알았는데 오늘은 웬일인지 단번에 승낙을 얻었다. 병원에 가서 선주도 보고 간 김에 케모포트 청소도 하면 좋을 것 같았다. 케모포트에 약을 넣고 선주에게 등나무 의자에 있다고 문자를 보냈다. 의자에 앉아 주위를 보니 단풍도 거의 다 지고 나무마다 잎사귀 몇 개만 간당간당 남아 있었다. 진아 언니 생각이 났다. 벌써 언니를 잊어가는 것 같아 미안했다. 얼마나 섭섭할까?

"오래 기다렸어?"

내려온다는 문자가 오고도 한참이 지나서야 선주가 나타났다.

"아니. 너 더워?"

날이 쌀쌀한데도 선주는 더운지 얼굴이 엷붉었다.

"무균 병실에 있었거든."

엄마 말로는 무균 병실에서 덧가운을 입고 비닐 모자를 쓰고 마스크까지 하고 있으면 겨울에도 찜통처럼 덥다고 했다. 공기가 건조한 찜질방에 있는 느낌이라고 했다.

"음료수 마실래?"

선주가 동전을 찾는지 주머니를 뒤졌다.

"나 잔돈 많아. 내가 뽑아 올게."

종일 무균 병실에 있었으니 얼마나 더웠을까? 등나무 앞 자판기에서 시원한 음료 캔 하나와 따뜻한 캔 하나를 뽑았다.

"내일은 학교 와?"

캔 윗부분을 휴지로 닦아 선주에게 건넸다.

"내일은 이모가 와. 이모가 못 와도 간호인 불러야지. 있으려고 해도 눈만 뜨면 학교 못 가게 해서 미안하다고 하니 있을 수도 없다. 미안하다는 소리 진짜 듣기 싫다."

선주가 캔 음료수를 한 번에 벌컥벌컥 다 마셨다.

"이모한테 미안해 죽겠다. 간호인 불편하다고 쓰지도 못하게 하지 내가 있으면 자기 때문에 학교 못 갔다고 종일 눈물 바람이지. 그러니 이모만 고생이지."

간호하는 사람들도 아픈 사람만큼 힘들다고 하는데 병간호를 해 본 적이 없으니 모르겠다. 끝도 없는 치료에 답답할 거란 짐작만 할 뿐이다.

"바람 시원하다."

선주가 숨을 크게 들이쉬었다 내뱉었다. 얇은 점퍼를 입고도 시원하다며 양팔을 벌려 의자에 기댔다.

"너 감기 걸리면 안 되잖아."

감기에 걸리기라도 하면 무균 병실은 면회도 못 간다.

"그렇지. 들어가서 우리 저녁 먹을래?"

"벌써?"

아직 다섯 시도 안 됐다.

"나온 김에 저녁 먹고 들어가려고. 밖에 나오기 너무 귀찮아."

얼마나 귀찮은지 선주가 고개를 절레절레 흔들었다. 무균 병실에 들어갈 때마다 살균 에어 샤워를 하고 신발을 갈아 신고 옷까지 덧입는 일이 쉬운 일은 아닐 거다.

"그래."

내가 왜 이러지? 오기도 싫은 병원에 일정을 당겨서 오고 냄새 때문에 잠시도 있기 싫은 병원에서 밥까지 먹겠다고 한다.

"고마워. 맛없는 밥 혼자 먹기 지겨웠거든."

선주가 쑥스러웠는지 백반과 떡국, 스파게티 세 가지밖에 없는 식단표에서 한참 동안 눈을 떼지 못했다.

"난 떡국. 사람들 늘어난다. 얼른 결정해."

계속 식단표만 보게 할 수도 없을뿐더러 사람들이 조금씩 늘어나고 있기도 했다.

"난 스파게티."

엄마가 남긴 밥을 점심으로 먹었다는 선주는 뜨겁지 않고 자극적인 걸 먹고 싶다며 스파게티를 골랐다. 항암 치료받는 사람들은 입안이 헐어서 매콤한 음식이나 짭짤한 음식을 먹을 수 없다. 그러니 모든 음식이 밍밍하고 맛이 없다. 게다가 무균 병실 밥과 반찬은 한 번 더 쪄서 나와 더 맛이 없다.

그렇게 맛없는 병원 밥.

날 간호할 때 우리 엄마는 내가 남긴 그 맛없는 밥을 끼니때마다 먹었다. 그런데도 그때 나는 엄마한테 음식 냄새가 싫다며 내 옆에서 편히 먹지도 못하게 했다. 서둘러 밥을 먹는 선주 모습에 자꾸 엄마 모습이 겹쳐졌다. 목이 메어 밥이 넘어가지 않았다.

-13-
그리고 1년

수술실 앞에서 빨리 내 이름이 불리길 기다렸다. 떨렸다. 두려워서 떨리는 것도 아니고 설레서 떨리는 것도 아니었다. 그냥 가슴이 떨렸다. 수술실 앞에 대기하고 있으면서도 이 사실이 믿어지지 않는다고 할까?

수술실 앞의 다른 사람들과 달리 엄마와 언니는 상기돼 보였다.

"뇌 사진도 깨끗하고 후유증도 이만하면 괜찮고. 음, 케모포트 빼 봅시다."

일 년 만에 PET-CT를 찍고 간 지난주 정기 진료 때 의사 선생님이 케모포트를 빼자고 했다.

"정말요? 이제 다 나았어요? 그럼 병원 안 와도 돼요?"

케모포트 빼자는 말이 얼마나 반갑든지 말이 빠르게 나왔다.

"3개월에 한 번은 피검사 해 봐야지. 1년에 한 번은 뇌 사진도 찍고."

"케모포트 빼자고 하셔서……."

케모포트를 빼자는 말이 이제 병원에 안 와도 된다는 말인 줄 알았다. 살짝 실망했지만 1년 잘 버텨 줘서 고맙다는 말을 하셨을 때는 코끝이 찡해졌다.

"재발이 잘 되는 시기를 조금 벗어난 거지. 이제 시작이야. 잘 관리해서 다시는 아프지 말아야지?"

그래. 절대 다시는 아프지 말아야 해. 약물 치료와 방사선 치료를 다시 받지 않을 수만 있다면 3개월에 한 번쯤 병원에 오는 건 일도 아니다. 아니, 암에만 걸리지 않는다면 평생 병원을 3개월에 한 번 와야 한대도 기꺼이 갈 수 있다.

"이서현 님!"

드디어 수술실 간호사가 내 이름을 불렀다. 수술은 의사가 하는 거지만 잘하고 오라는 엄마와 언니의 응원을 받으며 수술실에 들어갔다.

"이제 부분 마취할 거예요. 수술이 진행되는 상황은 모니터로 볼 수 있습니다."

의사 선생님이 거즈로 소독약을 바르고 케모포트 주변에

마취약을 주사했다.

"네."

의례 하는 말인 줄 알면서도 듣고만 있는 게 어색해 답을 했다. 케모포트를 넣을 때도 부분 마취만 했고 방금 들었던 말을 들었을 텐데 이상하게 기억나지 않았다. 마치 처음 이 수술을 받는 것 같은 기분이었다.

서걱.

수술용 칼로 긋는 소리가 들리고 내 피부가 갈라지고 있다는 것도 느껴졌다. 그렇지만 아프지는 않았다. 정말 신기한 약이다. 손가락을 조금만 베여도 쓰리고 아픈데 깊게 살을 가르는데도 조금도 아픔이 느껴지지 않는다. 모든 것이 이렇게 고통이 없다면 얼마나 좋을까?

꼭 감고 있던 눈을 슬며시 떴다. 천장에 달린 모니터 화면으로 수술 장면이 보였다. 징그럽거나 무서울 줄 알았는데 그렇지도 않았다. 내 몸이 아니라 텔레비전이나 영화의 한 장면 같았다.

"봉합합니다."

드디어 내 가슴에 자리 잡고 있던 케모포트가 빠져나갔다. 2년 넘게 내 몸과 함께했지만 아쉬움은 전혀 남지 않았다.

케모포트를 빼고 가벼운 마음으로 병원을 나왔다. 그러고는 저녁 예약을 해 둔 식당 앞에서 아빠를 만났다.

"기분이다. 1년 기념 선물 뭐 해 줄까?"

밥을 다 먹어갈 때쯤 언니가 선심 쓰듯 말했다.

"눈썹 문신."

요즘 나의 바람은 하나다.

"으이그, 또 그 소리."

"정말 하고 싶단 말이야. 눈썹만 하면 완벽하지 않겠어?"

"놀고 있다."

말은 비꼬면서도 언니가 엄마 눈치를 봤다. 몇 번 말을 꺼낼 때마다 엄마는 안 된다고 딱 잘라 말했다. 그리고 이어지는 잔소리. 문신할 때 쓰는 약품이 발암 물질일 수도 있다, 학생이 날라리처럼 문신이 뭐냐, 부작용이라도 생기면 어떡하느냐, 그 외에도 안 되는 이유는 많았다. 그런데 오늘은 아무 말이 없었다.

"징그럽게 눈썹 문신은 왜 해?"

아빠도 고모할머니 눈썹을 떠올린 게 분명했다.

"아빠, 그거 반영구 화장이라고 연예인들도 해. 옛날 문신처럼 평생 가는 게 아니고 2, 3년이면 자연스럽게 없어져. 천연 색소로 하는 거라 부작용도 없고 마음에 안 들면 바로 지울 수도 있어. 내 친구 입술 했는데 화장 안 했는데도 예쁘더라."

갑자기 언니가 열변을 토했다. 자기 돈 쓰게 될까 봐 그러는 거겠지만.

"지금도 서현이 예쁜데 왜?"

"아빠! 아무리 자식이라도 진실을 외면하면 안 되죠."

곧이어 쏟아지는 언니의 비난.

"그런가? 그럼 해 보던가."

아빠가 허락해서 좋지만 내가 예쁘지 않다는 진실이 조금 서글펐다.

"학생이 그런 시술을 해도 되는지 모르겠다. 병원에서 의사 선생님이랑 상의나 해 보던가."

엄마는 여전히 못마땅한 눈치다.

"그럼요. 꼭 병원에서 해야죠. 그래야 안전하죠."

기회를 놓칠 내가 아니다. 엄마가 조금 따가운 시선을 보냈지만 안 된다고 하지 않으니 상관없다.

아픈 뒤 몇 가지 좋은 점이 생겼다. 집안일을 하지 않아도, 성적이 떨어져도 잔소리를 듣지 않았다. 무엇보다도 내가 원하는 것을 전보다 쉽게 얻을 수 있게 됐다. 그래도 엄마, 아빠, 언니의 웃는 얼굴을 보니 원하는 걸 얻을 수 없다고 해도 다시는 병에 걸리고 싶지 않다. 그게 내가 바란다고 될 일이 아니지만 말이다.

엄마의 허락이 떨어지고 눈썹 문신은 일사천리로 진행됐다. 생각했던 것보다 훨씬 빨리 시술 날짜까지 잡았다.

"오늘이 그 역사적인 날이구나. 병원에 몇 시에 와?"

선주가 나를 보자마자 언제 오는지부터 물었다.

오늘은 우리 둘에게 나름 의미 있는 날이었다. 나는 눈썹 문신을 시술하는 날이고, 선주는 엄마의 마지막 항암 치료가 시작하는 날이었다.

"집에서 옷 갈아입고 가면 세 시쯤."

병원에 먼저 가서 선주와 놀다가 시술 예약 시간에 로비에서 엄마를 만나기로 했다. 아침부터 살짝 들떠 있어서 수업 내용 따위는 들어오지도 않았다. 수업이 끝나기가 무섭게 집에 가서 옷을 갈아입고 서둘러 병원에 갔다. 선주와 만나기로 한 등나무 건물에 가까이 가자 사람들이 웅성거리며 모여 있는 게 보였다.

"여긴 왜 왔어? 가! 가!"

선주가 우리 아빠뻘 되는 남자를 향해 소리를 질러댔다. 주변 사람들이 선주와 그 아저씨를 쳐다보는데도 선주는 사람들 시선을 못 느끼는지 씩씩대고 있었다. 나도 그 구경꾼 중 하나가 되어 선주를 아는 체도 못 하고 서 있었다. 아저씨는 사람들 시선을 느끼는지 안절부절 어쩔 줄 몰라 했다. 그 아저씨 옆에 서 있는 여자는 죄인처럼 고개를 숙이고 있었다. 마치 처벌을 기다리는 사람처럼 보였다.

"이게 다 당신들 때문이야. 저 여자 데리고 빨리 가."

선주가 그 여자를 노려봤다.

"선주야. 미안하다."

가만히 보니 저 아저씨 선주를 닮았다. 아빠가 없다고 했
는데?

"미안해? 그럼 가."

갑자기 선주 눈빛이 무서우리만큼 싸늘해졌다.

"선주야. 그래도 엄마를 생각해서……."

아저씨가 선주 팔목을 붙잡고 뭔가를 말하기도 전에 선주
가 벌레라도 떼어 내듯 아저씨 손을 뿌리쳤다.

"우리 버릴 땐 언제고? 진짜 사랑한다는 저 여자 데리고 꺼
져 버려."

"선주야, 그만하자."

여자 한 분이 다급하게 나와서 아저씨를 밀치는 선주를 붙
들었다.

"선주 데리고 있을 테니 들어가서 언니랑 얘기해 보세
요."

아저씨와 그 여자가 건물 안으로 사라졌다.

"이모! 왜? 왜?"

선주가 이모 팔 안에서 소리를 질러댔다. 이모가 억지로
선주를 붙들고 건물 반대쪽으로 끌고 나왔다. 사람들은 재미

있는 구경이 끝났다는 듯 하나둘씩 흩어졌다. 흩어지는 사람들 사이에 홀로 서 있다가 선주와 눈이 마주쳤다.

"서현아!"

선주가 나를 보자마자 울음을 터트렸다.

"선주 친구니?"

"안녕하세요."

짙은 다크서클 때문에 더 피곤해 보이는 선주 이모가 힘들게 웃어 보였다.

"반갑다. 미안하지만 선주 데리고 잠시 바람 좀 쐬고 올래?"

선주 이모가 잡고 있던 선주 팔을 놓았다.

"네."

선주 이모는 다시 병원으로 들어가고 조금 전까지 악을 쓰며 달려들던 선주는 뻘건 얼굴로 나를 따라 병원 밖으로 나왔다. 몇 시간 사이에 선주 모습이 초췌하게 변해 있었다. 엄마 병간호로 피곤해 보인 적은 있었지만 이렇게 힘없는 눈빛의 선주는 본 적이 없었다.

"어디 갈 건데?"

병원을 나와 갈 방향을 못 잡고 멈칫멈칫하자 발을 땅에 끼적이던 선주가 물었다.

"멋진 데 보여 줄게. 그냥 따라오기만 해."

갈 곳을 정하지 않은 채 먼저 말을 뱉었다. 힘 빠진 선주 앞에서 갈팡거리는 모습을 보여 주고 싶지 않았다. 마음 같아서는 바다를 보러 가고 싶지만 혼자 멀리 가 본 적도 없고 가는 방법도 정확히 모른다. 게다가 지금 가면 한밤중에야 도착할 텐데 둘이 가기에는 무섭다. 어디를 가면 좋을지 고민하면서 버스 정류장 쪽으로 걸어가다 도로에 서 있는 택시 앞에 멈춰 섰다. 지난번 언니와 택시를 타고 간 선유도 공원이 생각났기 때문이었다. 그리고 서울에 있는 선유도 공원이 지금 내 능력으로 가능한 곳이기도 했다.

"선주야, 타! 내가 멋진 야경 보여 줄게."

씩씩하게 택시에 먼저 올라탔다. 선주가 따라 탔다. 선주가 창밖 풍경을 넋 놓고 보는 동안 휴대 전화를 꺼내 엄마한테 중요한 일이 생겨서 시술받으러 못 간다고 문자를 적었다. 그리고도 아쉬운 마음에 잠시 망설였다.

지금 그깟 눈썹은 중요하지 않아.

스스로를 격려하고는 전송 버튼을 눌렀다. 그리고 전원을 껐다.

"여기가 멋져?"

선주가 피식 웃었다. 선주 말대로 도착해서 보니 공원이 휑하니 허전했다. 겨울이라 꽃도 나뭇잎도 없이 어디를 가나 앙상한 나무들뿐이었다. 산책로를 걷다 강이 보이는 의자에 앉았다. 날이 추워서인지 지나가는 사람들도 거의 보이지 않고 강바람만 매섭게 불어왔다.

"이따 밤 되면 멋져!"

조명까지 안 켜지면 어쩌지?

선주 마음이 탁 트일 만한 곳에 데려다 주려고 여기까지 왔는데 언니와 왔을 때랑 공원 분위기가 너무나도 달랐다.

"강이라도 보니까 좋다."

그나마 다행이었다.

"그 인간이 날 데려가겠대."

그 인간? 얼마나 아빠가 싫어야 그 인간이라고 부를 수 있는 걸까?

"그럼 너희 엄마는?"

"더 화나는 건 엄마가 괜찮으니까 나한테 그 인간이랑 살라고 했다는 거야."

언젠가 선주가 했던 말이 생각났다.

'나한테는 엄마밖에 없는데 엄마가 사라져 버릴까 봐 두려워.'

엄마밖에 없는 선주에게 엄마랑 살지 못한다는 건 정말로 말도 안 되는 일이다. 이럴 땐 어떻게 위로를 해 줘야 하는지 모르겠다. 항상 누군가에게 위로만 받았지 누구를 위로해 주거나 격려해 준 일이 없었다.

"엄마도 불안해서 그냥 하신 말씀일 거야."

마음이 복잡한지 한참 동안 선주는 아무런 말도 하지 않았다. 새삼 엄마, 아빠, 언니에게 고마웠다. 내가 아플 때 함께 있어 주고 힘들 땐 나를 보듬어 주는 우리 가족. 그러고 보면 내가 운이 아주 없는 건 아닌 것 같다. 갑자기 부끄러운 생각이 들었다. 괴로워하는 선주를 보면서 이런 생각을 하고 있다.

해가 지나 갈수록 더 추워져 입술이 바르르 떨렸다. 목도리를 얼굴까지 올렸다. 추운 것도 문제지만 집에 갈 일도 걱정이었다. 그런데 선주는 갈 생각이 없는 모양이었다. 여전히 강만 바라보고 있었다. 선주만의 시간을 방해하는 것 같아 집에 가자는 말이 안 나왔다.

"너만 생각해."

힘들 때는 다른 사람 생각하지 않고 오로지 나만 생각할 필요가 있다. 다른 사람 눈치 보고 고민하다 보면 지치기만 할 뿐이다.

"네가 편해야 너희 엄마 마음도 편해질 것 같아서."

강만 바라보던 선주가 나를 봤다.

"나, 고등학교 안 갈 거야."

"뭐?"

의외의 선언에 놀라 더 말이 나오지 않았다. 고등학교에 안 가겠다니! 이제 곧 졸업이고, 당연히 함께 고등학교에 갈 줄 알았다.

"지금까지 엄마 때문에 학교 가는 거였어. 엄마가 내가 학교에 가는 게 소원이라고 해서. 그런데 시간이 아깝다는 생각이 들더라."

"그럼 앞으로 뭘 할 건데?"

학교에 안 가면 우리가 뭘 할 수 있을까? 선주 생각이 궁금했다.

"엄마랑 여행 갈 거야."

"여행?"

선주가 오늘 나를 여러 번 놀라게 한다.

"엄마 꿈이 지중해 크루즈 여행 가는 거였거든."

무언가를 생각하는 듯 선주가 잠시 말을 멈췄다가 다시 말을 이었다.

"나 많이 후회했어. 지난번 우리 엄마 무균 병실에 입원했을 때, 엄마가 정신 잃고 쓰러져서 같이 응급차 타고 가는데 이상하게 엄마한테 화낸 기억만 나는 거야. 엄마 마음 아프게 한 일만 생각나고…… 시간을 되돌릴 수도 없고 정말이지 후회스럽더라. 항암 치료도 이번이 마지막이고 혹시라도 나중에 엄마랑 하고 싶은 거 못해서 또 후회하기 싫어. 좋은 기억 많이 만들고 싶어."

선주가 나한테 허락을 구하는 것처럼 쳐다봤다.

"응."

벌써 다 결정해 놓고 그렇게 쳐다보면 다야, 따지고 싶었지만 좋은 기억을 갖고 싶은 그 마음도 어렴풋이 알 것 같았다. 언제 어떤 일이 생길지 알 수 없으니 무언가를 할 수 있을 때 하는 게 최선일 것이다.

"여행 다녀오고 엄마 옆에 있으면서 꼭 검정고시 볼 거야."

확고한 의지가 있어 보였다.

"후회 안 하겠어?"

선주를 말릴 수 없다는 걸 알면서도 또 물었다. 선주가 대답 대신 고개를 끄덕였다. 서운하지만 나는 선주가 잘할 수 있을 거라 믿는다. 나와는 달리 의지가 강한 애니까.

"선주야, 잠깐만."

선주를 응원해 주고 싶었다. 휴대 전화를 꺼내 전원을 켜고 유튜브를 검색했다. 뮤직 비디오 영상을 재생시키고 자리에서 벌떡 일어났다.

"뭐하려고?"

내 행동을 의아히 지켜보던 선주가 물었다.

"응원의 선물!"

노래의 클라이맥스 부분 화면에서 소리를 끝까지 키웠다.

다리를 어깨너비만큼 벌리고 주먹을 꽉 쥐고 손목을 교차시켰다. 눈을 감고 리듬을 타 보려고 노력했다.

"설마? 그거 막춤 아니지?"

"아니, 맞아."

눈을 떠 보니 선주가 입을 헤 벌리고 있었다.

"너, 미쳤어?"

"몰라, 몰라. 나 아는 춤 이거밖에 없어."

선주의 질문에 답하느라 원래도 맞지 않았던 손발이 완벽히 따로 놀기 시작했다. 박자를 맞춰 보려고 했지만 걷잡을 수 없는 막춤이 되고 있었다.

"아하하하하하."

내 모습이 웃겼는지 선주가 미친 듯 웃어댔다. 조용한 공원에 선주의 웃음소리가 울렸다. 한밤의 쇼에 공원을 걷던 몇 커플이 걸음을 멈춰 우리를 보고 있었다.

"이게 말춤이지."

선주가 일어나 제대로 된 자세로 춤을 추기 시작했다. 나는 얼른 선주 옆에 서서 선주의 자세를 곁눈질하며 따라 춤을 췄다.

순간, 선유도 공원의 조명이 켜졌다. 아름다운 불빛에 둘러싸여 정신없이 춤을 추니 내가 무대의 주인공이 된 것 같았다. 아니, 우리가 무대의 주인공이 된 것 같았다. 유행이 한

참 지난 춤을 추는 우리를 보며 서 있던 사람들이 재미있는
구경이라도 하듯 웃었다. 하지만 상관없었다. 우린 즐거우
니까.

-14-
졸업

전원이 꺼져 있어 삐 소리 후 소리샘으로 연결되며 통화료가 부과됩니다.

혹시 졸업식에는 오지 않을까 싶어 전화를 걸어 봤다.

오늘이 졸업식인 거 알고는 있겠지?

돌아올 날짜를 정하지 않고 떠난 여행이라 이렇게 빨리 돌아오지 않을 걸 알면서도 기대를 하고 있었다. 선주가 갑자기 나타나 함께 졸업할 수 있기를 말이다.

"이제 학교를 졸업하면……"

교장 선생님의 졸업사가 한참을 이어졌다. 앉아 있는 아이들 대부분이 지루해하는 표정이었다. 축하 박수를 치거나 교가를 부르는 중간마다 쓸데없는 기대감으로 주위를 둘러보느라 졸업식 행사에 집중할 수가 없었다.

교실에 와 있을까?

졸업식 중간에 들어오기 어색할 테니 교실에 와 있을지도 모른다. 막연한 희망에 졸업식 행사가 끝나자마자 강당에서 쏟아져 나가는 아이들 사이를 뚫고 서둘러 나갔다.

"서현아!"

복도를 지날 때 언니가 날 불렀다. 사람들 사이에 엄마, 아빠가 서 있었다. 우리 가족 말고도 복도에는 사람들로 북적였다.

"이따가 봐."

짤막하게 인사하고 교실 안으로 들어갔다. 교실 안에도 선주는 없었다. 교실 창밖에서 엄마와 언니가 열심히 손을 흔들고 있었다. 다들 들떠 있는데 옆에 선주 자리가 텅 비어 있으니 마음 한구석이 허전했다.

"자, 자리에 앉자."

졸업장과 상장을 들고 담임이 들어왔다. 교실 여기저기서 사진 찍기에 여념 없던 아이들이 자리에 앉았다. 아이들이 자리에 앉자 담임은 짤막한 인사를 하고 졸업장을 나눠 주기 시작했다.

"이서현."

와아아.

내 이름이 불리는 순간 소란스러운 박수 소리가 났다. 교실 뒤를 봤다. 얼굴만 교실 안쪽으로 내민 소영이와 지연이가 보였다. 교탁으로 걸어가는데 소영이, 지연이가 휘파람을 불었다. 그 바람에 아이들 시선이 온통 쏠렸다. 소리를 내지 않고 입 모양으로 하지 말라고 눈치를 주는데도 아랑곳하지 않고 효과음까지 냈다. 쪽팔려서 얼굴을 들 수가 없었다.

"졸업 축하한다."

담임이 졸업장을 건네주며 어깨를 토닥였다. 드디어 내가 졸업을 하는구나 하는 생각에 순간 눈물이 나려 했다.

촌스럽게 졸업식에서 눈물이 뭐람!

혹시 눈물이 나올까 봐 눈을 부릅뜨며 들어가려는데 담임이 선주 졸업장을 옆으로 빼내는 게 보였다. 담임이 선주 이름을 건너뛰고 다음 번호 아이를 불렀다.

선주도 함께 있었으면 좋았을 텐데…….

"그럼, 음, 인사하고 마칠까?"

작별 인사를 하는 담임 목소리가 목이 메는 듯 갈라졌다. 아이들과 해마다 하는 일일 텐데 보기와 다른 면이 있다. 그러고 보면 사람을 외모로만 평가하는 것은 바보 같은 짓이다. 선주도 처음 봤을 땐 그저 날라리인 줄 알았지 그렇게 자상하고 여린 아이인 줄 누가 알았을까.

"고맙습니다."

아이들이 자리에서 우르르 일어났다. 나도 일어나 나가려는데 선주의 빈자리가 눈에 걸렸다.

"이서현, 빨리 나와."

소영이와 지연이가 빨리 나오라며 난리법석이었다.

"여기에서 사진 한 장 찍고 나가자."

지연이는 벌써 뒷문 앞에서 자세까지 잡았다. 소영이가 나를 끌어당겨 옆에 세우자 언니가 잽싸게 디카 셔터를 눌렀다.

사진 몇 장을 찍고 나가니 운동장은 벌써 쓰레기로 난장판이 되어 있었다. 그나마 덜 더러운 화단 앞에 서서 학교 건물을 배경으로 엄마, 아빠, 언니랑 기념사진 몇 장을 찍었다.

"언니! 우리 마지막으로 여기 계단에서 찍어 주세요."

소영이와 지연이가 계단을 따라 층층이 섰다. 우리가 자주 놀던 라일락 계단이었다.

"야, 이서현! 너 뭐하는 거야?"

사진기 초점을 맞추던 언니가 물었다. 마지막이라는 말에 선주한테 카톡을 보내고 있었다.

휴대 전화로 꽃다발을 찍어 축하 글과 함께 카톡 메시지를 보냈다. 얼굴 보면서 축하해 주고 싶지만 그럴 수 없으니 이렇게라도 학교에서 축하해 주고 싶었다.

"언니 미안, 찍어."

휴대 전화를 주머니에 넣고 계단을 올라가 지연이 뒤에 섰다.

"하나, 둘, 셋, 김치!"

언니의 구령에 맞춰 마지막 사진을 찍고 학교를 나왔다. 엄마, 아빠, 언니와 점심을 먹고 헤어진 뒤 소영이, 지연이와 막 아이스크림 가게로 들어설 때였다.

– 나 학교야.

문자를 확인하고 보니 부재중 전화도 한 통 와 있었다.

"얘들아, 아이스크림 다음에 먹자."

빨리 가면 10분 안에 갈 수 있다.

"왜? 더 있어도 돼. 우리 학원 가려면 30분 정도는 시간 있어."

소영이가 휴대 전화로 시간을 확인했다.

"미안. 나 가 봐야 할 데가 있어."

"이서현, 이거 이거 수상한데?"

지연이가 궁금한지 눈썹 꼬리를 살짝 올렸다.

"어디 가는데?"

소영이도 궁금한 건 마찬가지인 모양이었다.

"친구 만나러. 미안해. 담에 말해 줄게."

마음이 급했다. 짤막한 인사와 함께 달리기 시작했다.

교문 안으로 들어서자마자 선주에게 전화를 거는 동시에 눈으로 선주를 찾았다. 전화 연결음만 계속 흘러나왔다.

"이서현! 몇 번을 불러야 뒤를 돌아볼 거야?"

선주다. 보기 좋게 탄 얼굴이 건강해 보였다.

"왜 실실 웃고 그래?"

"미쳤다, 왜?"

그러면서 선주도 실실 웃었다.

"미쳐도 그렇지 사람 불러 놓고 이렇게 늦게 나와도 되는 거야?"

선주가 괜히 삐친 표정을 지었다.

"내가 언제?"

"내가 없어서 허전하다고 카톡 보냈잖아. 그래서 예정보다 일찍 온 건데?"

선주가 증거를 보여 주겠다는 듯 휴대 전화를 꺼냈다.

"그냥 예의상 한 얘기지. 너 의외로 순진하다."

선주가 보고 싶었는데 문자가 내 마음을 제대로 전했다. 기특한 문자다.

"두 달 안 봤다고 막 기어오르네."

자기 얼굴을 내 얼굴 바로 앞까지 들이밀고선 날 놀렸다.

"잠깐."

갑자기 멈춰 선 선주가 눈을 똥그랗게 뜨더니 손가락에 침을 묻혀 내 눈썹을 만지려고 했다.

"어, 드러."

선주 손가락을 잽싸게 막았다. 선주가 가만히 내 눈썹을 살펴보았다.

"눈썹, 그린 거 아니네."

"내가 너냐? 노는 애처럼 눈썹 그리고 학교에 오게."

"네, 네, 모범생님. 모범생답게 눈썹 정리 잘하셨네요."

"잘했지? 네 눈썹보다 예쁘지?"

이제 선주는 눈썹 정리에 관심이 없어 보였다. 눈썹 정리를 한 지 오래인지 눈언저리 두두룩한 곳까지 눈썹이 나 있었다.

"근데 언제 이렇게 눈썹이 짙어졌어?"

"치, 이제 알았어?"

"그랬나? 내가 정신이 없었잖아."

겸연쩍게 웃는 선주. 참 편해 보였다.

"진짜 똘똘해 보인다. 어리바리 이서현 어디 갔어?"

선주가 나를 찾는 시늉까지 하며 괜히 너스레를 떨었다.

"유치해. 그만해."

"늦었지만, 우리 졸업 사진 찍자."

선주가 강당을 가리켰다. 강당 입구에 아직 '졸업을 축하합

159

니다' 현수막이 걸려 있었다. 텅 빈 학교에서 오늘이 졸업식이었다는 사실을 말해 주는 유일한 장소일 것 같았다.

"나 디카 없는데, 너 있어?"

"당연하지."

선주가 메고 있던 가방에서 사진기를 꺼냈다. 사진기뿐 아니라 삼각대까지 꺼냈다.

"뭐야? 삼각대까지 가져온 거야?"

"나 여행 다니면서 숨겨진 재능을 찾은 것 같아."

농담이 아니라 삼각대를 설치하고 사진기 초점을 맞추는 선주에게서 능숙함이 느껴졌다.

"사진 찍는다."

선주가 셔터를 누르고 뛰어왔다. 선주의 팔짱을 끼자 그 애가 살며시 미소 지었다. 지난 1년의 시간이 떠올랐다. 기억이라는 게 지워지는 것 같다가도 문득문득 되살아난다. 그게 괴로웠건 행복했건 상관없이 말이다. 신기한 건 슬프고 고통스러운 기억은 떠올라도 조금씩 그 아픔이 무뎌지고, 행복했던 기억은 생각만으로도 절로 미소가 지어진다는 것이다.

하나, 둘, 셋, 찰칵.

지금 나는 행복했던 기억으로 미소 짓고 있다.

삶이라는 가능성을 기억해 주길

"최악의 경우, 마음의 준비를 하셔야 할 것 같습니다."

17년 전 병원 중환자실 앞에서 의사 선생님이 엄마의 병세에 대해 우리 가족에게 했던 말이다. 지금 엄마를 보면 그 의사가 돌팔이가 아니었을까 하는 생각이 들 때도 있지만, 의사 선생님 말씀처럼 그건 어디까지나 최악의 경우였다. 그 최악의 경우를 두고 얼마나 괴로워하고 힘들어했는지 모른다. 돌이켜 보면 말이다.

돌이켜 보면 정말 힘들었던 일들이 많았다. 그래도 다행히 ('다행'이라는 표현이 적절한가 싶지만) 살면서 진짜 죽고 싶다는 생각을 해 본 적은 없었다. 『눈썹』 속의 아이들처럼 입으로는 수없이 죽고 싶다는 말을 남발했지만 그 말 속에 진심을 담은 적은 없었다. 그래서인지 종종 접하게 되는 자살 기사를 볼 때마다 안타까운 마음 한편에 꼭 죽음을 선택해야 했을까 하는 씁쓸한 마음도 있었다.

그래, 너희가 어떻게 날 이해하겠어?

서른을 하루 앞둔 날, 인생의 반 이상을 함께한 친구들과 처음으로 싸우고 돌아서면서 했던 생각이었다. 중·고등학교 시절에는 서른이 되었을 때 무언가 바라는 바를 성취해 있을 거라는 막연한 환상이 있었다. 그런데 서른을 앞둔 현실은 달랐다. 나만 아무것도 이룬 게 없다는 불안함이 쌓여 너희는 나를 절대 이해할 수 없을 거라는 어이없는 결론을 내리고 혼자 꽁해 있었다. 그러다 문득 나는 친구들을 이해하고 살았나 하는 의문이 들었다. 철없이 굴었던 마음이 미안해졌다. 세상에서 나만 힘든 것처럼 건방을 떨고 있었다.

서른의 유치한 싸움이 끝나니 상대의 마음을 다 이해하지 못하더라도 나를 포함한 세상의 사람들이 다른 이들의 삶을 이해하려고 노력하고, 다른 이들의 고통에 아파하고 있다는 생각이 들었다. 그리고 힘들어서 죽고 싶다는 이야기보다 살아가려고 애쓰는 이야기를 쓰고 싶어졌다.

"먹고 싶은 거 다 먹고 죽을 거다."

환갑이 훌쩍 넘은 우리 엄마가 요즘 하시는 말씀이다. 더 놀라운 건 나날이 드시고 싶은 음식 목록이 늘어가고 있다는 것이다. 얼핏 소박한 바람인 것 같지만 이보다 더 이루기 어려운 바람이 있을까 하는 생각이 든다. 엄마가 원하시는 바를 이루려면 어쩌면 나보다 더 오래 사셔야 할지도 모를 일이다.

엄마만큼도 오래 살지 않았지만 사는 게 참 알 수 없는 일인 건 분명하다. 알 수 없는 삶을 살면서 사람들은 작든 크든 바람 하나는 가지고 살아가는 것 같다. 나는 언젠가 〈해리 포터〉처럼 온 세계인이 읽는 소설을 쓸지도 모른다는 허황한 바람을 가지고 산다. 그 바람이 이루어지든 상상으로 그치든 상관없이 나에게는 살아가는 즐거움을 준다. 허황한 바람도 살다 보면 이루어지지 말라는 법 없지만, 한 가지 조건은 있다. 죽지 않고 살아야 한다는 것, 살아서 그 가능성을 간직해야 한다는 것이다.

막상 책이 나온다고 하니 걱정스러운 마음이 든다. 그 사람이 아니고서야 그 마음을 다 이해할 수 없다고 생각하는 내가 과연 서현이와 선주의 마음을 제대로 그려 냈을까 하는 염려 때문이었다. 부족하겠지만 그래도 어딘가에서 오늘도 열심히 살아가고 있을 서현이와 선주에게 이 글이 위안이 되기를 바란다.

재미와 거리가 먼 내 글을 여러 번 읽느라 힘들었을 텐데도 꼼꼼하게 조언해 준 '우주의 배' 시은 언니, 세언 언니, 퐁이에게 고마운 마음을 전하고 싶다. 그리고 책이 나온다고 나보다 더 좋아했던 우리 가족과 친구 혜원, 미나에게도 작가의 말을 빌려 고맙다는 말을 전하고 싶다.

2013년 봄
천주하

천 주 하

1977년 서울에서 태어났으며, 숙명여자대학교에서 아동복지학을 전공했다. 사회복지사로 일하다 뒤늦게 책 읽는 즐거움에 빠져 글공부를 시작했다. 『눈썹』은 암에 걸려 1년 4개월 동안 일상에서 비켜나 있던 열일곱 살 소녀가 다시 자기 자리로 돌아오기까지의 과정을 섬세하고 따스하게 그려 낸 그의 첫 성장소설이다.